古典文獻研究輯刊

十九編

曾永義 主編

第28冊

杜貴晨文集（第八卷）：
詩文論序評（下）

杜貴晨 著

國家圖書館出版品預行編目資料

杜貴晨文集（第八卷）：詩文論序評（下）／杜貴晨 著 — 初
版 — 新北市：花木蘭文化事業有限公司，2019〔民108〕
目 4+196 面：19×26 公分
（古典文學研究輯刊 十九編；第 28 冊）
ISBN 978-986-485-661-9（精裝）
1. 中國文學 2. 文學評論
820.8   108000803

古典文學研究輯刊
十九編　第二八冊　　　　　　ISBN：978-986-485-661-9

杜貴晨文集（第八卷）：詩文論序評（下）

作　　者　杜貴晨
主　　編　曾永義
總 編 輯　杜潔祥
副總編輯　楊嘉樂
編　　輯　許郁翎、王筑　美術編輯　陳逸婷
出　　版　花木蘭文化事業有限公司
發 行 人　高小娟
聯絡地址　235 新北市中和區中安街七二號十三樓
　　　　　電話：02-2923-1455／傳眞：02-2923-1452
網　　址　http://www.huamulan.tw 信箱 hml810518@gmail.com
印　　刷　普羅文化出版廣告事業
初　　版　2019 年 3 月
全書字數　292419 字
定　　價　十九編 33 冊（精裝）新台幣 64,000 元　　版權所有・請勿翻印

杜貴晨文集（第八卷）：
詩文論序評（下）

杜貴晨　著

目次

《詩經・關雎》賞析

關關雎鳩，在河之洲。窈窕淑女，君子好逑。
參差荇菜，左右流之。窈窕淑女，寤寐求之。
求之不得，寤寐思服。悠哉悠哉，展轉反側。
參差荇菜，左右采之。窈窕淑女，琴瑟友之。
參差荇菜，左右芼之。窈窕淑女，鐘鼓樂之。

《關雎》是《詩經》的第一篇。《詩經》是我國古代儒家的經書，有崇高的地位，這第一篇的意義當然就更為重大。歷來說《詩》者都不能迴避它，我們的古代文學作品鑒賞也便從它說起。

全詩《毛傳》分為三章，《鄭箋》以文義分為五章。茲從《毛傳》。以下逐章疏通文意，先述舊注，後做辨析。

首章四句。舊注以為：「關關」，雌雄相應的和聲；「雎鳩」，水鳥。一名王雎。生江淮間，據說生有定偶而不相亂，常並遊而不相狎；「洲」，水中可居之地；「窈窕」，幽閒之意；「淑」，善也；「女」，未嫁之稱；「好」亦善也；「逑」，匹也。

《毛詩序》云：「《關雎》，后妃之德也，所以風天下而正夫婦也。故用之鄉人焉，用之邦國焉……是以《關雎》樂得淑女以配君子，愛在進賢，不淫其色；哀窈窕，思賢才，而無傷善之心焉。是《關雎》之義也。」朱熹《詩集傳》又謂「周之文王，生有聖德，又得聖女姒氏以為之配。宮中之人，於其始至，見其有幽閒貞靜之德，故作是詩。言彼關關然之雎鳩，則相與和鳴於河洲之上矣，此窈窕之淑女，豈非君子之善匹乎？」又引漢代匡衡曰：「窈窕淑女，君子好逑。言能致其貞淑，不貳其操。情慾之感，無介乎容儀。宴

私之意，不形乎動靜。夫然後可以配至尊，而爲宗廟主，此綱紀之首，王化之端也。」總之，《詩》古文家把它看作「美后妃之德」的作品，「先王以是經夫婦，成孝敬，厚人倫，美教化，移風俗。」今文三家（齊、魯、韓）說則以《關雎》爲刺時，或指名「康王德缺於房，大臣（畢公）刺晏，故詩作。」要之皆附會之言。

二章八句。舊注以爲：「參差」，長短不齊貌；「荇菜」，一種水生植物，根生水底，葉浮水面；「左右」，或左或右，言無方也；「流」，《毛傳》：「求也。」朱熹《詩集傳》釋爲「順水之流而取之」，朱說爲是；「寤寐思服」，醒著睡著都想念；「悠」，長；「輾轉反側」，臥不安席。

朱熹曰：「此章本其未得而言。彼參差之荇菜，則當左右無方以流之矣。此窈窕之淑女，則當寤寐不忘以求之矣。蓋此人此德，世不常有，求之不得，則無以配君子而成其內治之美。故其憂思之深不能自己，至於如此也。」這就是說，文王當年求偶是爲了內治，以至於掉了魂一般，「聖德」之人可以是這個樣子嗎？

三章八句。《毛傳》釋「流」爲「求」，以「采」爲「採」，釋「芼」爲「擇」。不如朱熹《詩集傳》釋「流」爲「順水之流而取之也」，釋「採」爲「取而擇之也」，釋「芼」爲「熟而薦之也」，從而顯示前後是有進階的，「流」「採」「芼」即「取」「擇」「薦」，相當的就是「求」「友」「樂」；朱熹釋「求」爲「求之」，「友者，親愛之意也。」又稱琴瑟，「樂之小者也」，鐘鼓，「樂之大者也」，樂器從無到有，由小到大，也是有進階的，於義爲長。

但是，朱熹總結此章說：「此章據今始得而言，彼參差之荇菜，既得之，則當采擇而享芼之矣。此窈窕之淑女，既得之，則當親愛而娛樂之矣。蓋此人此德，世不常有，幸而得之，則有以配君子而成內治，故其喜樂尊奉之意不能自已又如此云。」還是要說到「內治」上。

以上，古人說《關雎》的成就主要在訓詁，失誤主要在硬往道德政治上扯——有的從訓詁穿鑿出來，如從關雎之性情說到淑女「情慾之感，無介乎容儀。宴私之意，不形乎動靜」。有的是憑空捏造，如說是宮中之人歌詠文王后妃的，根椐何在？即便本事確實，又如何斷定文王爲「內治」而求淑女？如果確實是爲「內治」而求淑女，那麼文王「聖德」和儒家詩教就是要人們一切從求淑女做起嗎？即使「夫婦爲人倫之始」，那不是還要稟告父母嗎？所以宋儒沈朗云：「《關雎》言后妃，不可爲三百篇之首。」並別撰《堯》《舜》

詩二章，可見極端的儒家即使承認《關雎》言「內治」，也並不認為其地位有如此的重要；清代袁枚則曰：「然則文王『寤寐求之』至於『展轉反側』，何不憶王季、太王而憶淑女耶？」思想較為解放的袁枚徑把《關雎》看作寫周文王愛情的詩。他們都從不同角度暴露了「內治」說的矛盾。另外，西周以前制度「婚禮不用樂」（《禮記·郊特牲》），文王「聖德」，又怎麼能悖禮行事呢？所以，把文學當作政治的侍婢，就不能實事求是，導致自相矛盾，破綻百出。

今人說《關雎》，文字訓詁多從舊注，無可非議。否定所謂「美后妃之德」及「刺康王」諸說，都是對的。但是，全篇釋義籠統稱之為愛情詩，卻是不很妥當的。應當找到它內容上的特點。

我們認為這是一首寫貴公子向一位嫻靜美貌的少女求愛的詩。這位貴公子可能實有其人，也可能是想像中的。區別於一般民歌，它的情調正就是孔子所謂「樂而不淫，哀而不傷」（《論語·八佾》）。

首先，它的主人公是一位貴公子。詩中稱求愛者是「君子」。「君子」，當時特指貴族和士；他能用「琴瑟友之」「鐘鼓樂之」，這些樂器（尤其是後者）當時非一般士子所能擁有和使用，《詩經》中除此之外有十處言「鐘鼓」或「鼓鐘」，都不是寫平民的。因此，這首詩不會是西周的，當為東周禮樂制度漸以鬆弛時的作品，那時「婚禮用樂」已較為普遍，連孔子都能認可的了。這位主人公一定是貴族公子而又稍浪漫者。他不大顧及禮法，又太高興了，不由地為他的愛人鼓瑟弄鐘。陳子展《詩經直解》說「此詩或出自風謠，而未必為歌詠一般男女戀愛之詩也。當視為才子佳人風懷作品之權輿。」這個說法是有道理的。

其次，它的情調「樂而不淫，哀而不傷。」全詩為喜劇，男青年的愛情起於對女子「窈窕」美貌和賢淑性情的傾慕，心地是純潔正常的；「窈窕」，《毛傳》曰：「幽閒也。」《正義》曰：「宜為居處。」揚雄《方言》作「美心……美狀……」（參觀《管錐編·毛詩正義·關雎五》）但是所有論說均未引及《楚辭·山鬼》：「既含睇兮又宜笑，子慕予兮善窈窕。」王逸注：「窈窕，好貌。」怎麼個好法？王逸不曾說，但是，我們從上下文聯繫起來看，上句寫眼神笑態，下句就應該說到身段了。世傳「楚王好細腰，國中多餓人。」「窈窕」或者就是身段婀娜的意思了。所以《詩經》中作體貌姣好解，最為妥貼。詩中三言之。這樣的女子當然是君子的「好逑」，為下文鋪墊。「寤寐求之」「琴瑟

友之」「鐘鼓樂之」，雖越來越大膽急促親密，但是終於沒有過分的行爲，做法是文明高雅的；無過無不及，此所謂「樂而不淫」。男青年因愛情而生苦惱，乃至「輾轉反側」，「寤寐思服」，但也僅此而已，未至於尋死覓活。他的態度和做法是積極爭取，不懈追求；亦所謂無過無不及，此所謂「哀而不傷」。總之，《關雎》中正和平，「發乎情，止乎禮」。所以爲孔子所推重，置於三百篇之首。在婚姻制度、男女關係由混亂到有序的周代，孔子倡導這樣一種情詩是有正面意義的。至於有無其他用心，後儒議論紛紛，言之鑿鑿，而實際孔子什麼也沒有說。

「樂而不淫，哀而不傷」，古今都有人認爲是評《關雎》之樂的，非關詩。其實不然。詩、樂有差異，孔子曰：「放鄭聲，遠佞人；鄭聲淫，佞人殆。」（《論語。衛靈公》）但是，孔子刪詩仍存《鄭風》，可見不認爲是淫詩；又，《孟子。盡心》：「仁言不如仁聲之入人深也。」亦可見聲、詩有別。但是，誠如孔穎達《毛詩正義》云：「詩是樂之心，樂爲詩之聲，故詩樂同功也。初作樂者，準詩而爲聲，聲既成形，須依聲而作詩，故後之作詩者，皆主應於樂文也。」王安石亦云：「古之歌者，皆先有詞，後有聲，故曰：『詩言志，歌永言，聲依永，律和聲。』如今先撰腔子後填詞，卻是『永依聲』也。」〔註1〕《關雎》「聲依永」，故孔子評樂實際也是評詩。孔子的評價是中肯的。但他只欣賞這一種風格的愛情詩是狹隘的。

《關雎》的藝術，實際應結合樂曲來討論。樂亡，我們就只能就詩論詩了。值得注意的有以下幾點：

一、優美的意境

本篇寫景在虛實之間。小洲在水，雎鳩和鳴，荇菜在河面流蕩無方，正是春意盎然之際。「春風動春心」，這些描寫自虛處觀之，給人以和美生動心旌搖蕩的感覺，是「興」的作用；自實處體會，可以想像爲「君子」求「淑女」的時間、地點、場面的勾勒點染，一邊是雎鳩和鳴，姑娘們在採擇荇菜，春光明媚，流水潺潺；一邊是風流倜儻的公子初見他的意中人，陷入情網，一見鍾情，然後「寤寐求之」。隨著荇菜的「流之」、「采之」「芼之」，公子「求之」「友之」「樂之」，同步發展，愛情成熟了，天人以合，無限美好。歌詞簡

〔註1〕轉引自錢鍾書《管錐編》，中華書局1979年版，第61頁。

約而意蘊充盈流動，間以琴瑟鐘鼓，聲情並作，眞可以催人趁此春光及時行樂矣。

二、比興的運用

一章首兩句，《毛傳》曰「興也」，不確。實際是興中有比。胡寅《斐然集》卷一八《致李叔易書》載李仲蒙曰：「索物以託情，謂之『比』；觸物以起情，謂之『興』；敘物以言情，謂之『賦』。」朱熹《詩集傳》注：「比者，以彼物比此物也。……興者，先言他物以引起所詠之詞也。」《朱子語類》卷八〇：「《詩》之『興』，全無把鼻，後人詩猶有此體。如：『青青陵上柏，磊磊澗中石；人生天地間，忽如遠行客。』」茲舉如《焦仲卿妻》：「孔雀東南飛，五里一徘徊。十三能織素，十四學裁衣。……」起句與下文了無瓜葛，均「興」之類。「關關雎鳩，在河之洲」有興起之意，但是，雎鳩關關鳴和，性情「雖相偶而不相亂，常並遊而不相狎」，「摯而有別」，對下文男女有暗比作用，所以爲興中有比。興中有比，意象鮮明又遙關下文，較單純的「興」或「比」更富於表現力。以下兩章「參差荇菜」二句，都是如此。

三、雙聲疊韻詞的運用

「窈窕」是疊韻；「參差」是雙聲；「輾轉」是雙聲又疊韻。前兩詞各三見，「左右流之」易一字又三見，唱起來可想是音調和美，有往復詠歎之致；相應地也曲辭簡單，便於流傳。秦火後詩亡，《關雎》等詩所以能被記誦下來，與這一特點也許有些關係。

以上主要是傳統的說法，在我看來還有兩點值得高度評價。

一是寫男子的情思，在後世作品中極爲少見。中國古代詩文多的是怨女、思婦、棄婦之辭，又多是男子代言。這與古代女子地位低、受歧視又少文化有關，同時男性關切同情女性也是正常合理的，問題在於總是寫女子思念男子，而不寫或很少寫男子思念女子，這就不正常了，甚至有宋玉《登徒子好色賦》那樣自詡不爲美色所動爲得意的作品。相傳司馬相如曾作《琴歌》二首以挑文君，有「有豔淑女在閨房，室邇人遐毒我腸」之句，但是也有人說是僞託，並且司馬相如的口碑在正統文人那裡也不算好。小說戲劇中的情況要好一些，但是除了後起的才子佳人題材作品和文康《兒女英雄傳》之類，也大多把英雄氣概和兒女情長對立起來。所以中國文學中寫男子思慕女子的

少之又少，這是與實際生活不相符合的。在這個意義上，《關雎》幾乎是空谷足音前無古人後無來者了。

　　二是以春景樂景寫愛情，深得生活與藝術的妙蒂，開啟中國情詩情文的傳統，與西方詩歌的意境也遙遙相通。中國後世詩文沿襲者甚眾，如漢樂府《蘭若生春陽》：「蘭若生春陽，涉冬猶盛滋。願言追昔愛，情款感四時。」北魏王德《春詞》：「春風復蕩漾，春女亦多情。」南朝樂府《採桑度》：「春月採桑時，林下與歡俱。」等等。西方詩歌中亦復不少，如莎士比亞《歌》（《皆大歡喜》中唱詞）：

　　　　一對情人肩並肩，嗳唷嗳唷嗳嗳唷。走過了青青稻麥田，春天
　　是最好的結婚天。聽嚶嚶歌唱枝頭鳥，姐郎們最愛春光好。

　　相應的是藉秋景寫愁，當然也有以春景樂景寫哀的，但那一般是作為反襯。

（1984 年 10 月）

迴環往復，如泣如訴
——《詩經·衛風·氓》賞析

《詩經·衛風·氓》全篇如下：

氓之蚩蚩，抱布貿絲。匪來貿絲，來即我謀。送子涉淇，至于頓丘。匪我愆期，子無良媒。將子無怒，秋以為期。

乘彼垝垣，以望復關。不見復關，涕泣漣漣。既見復關，載笑載言。爾卜爾筮，體無咎言。以爾車來，以我賄遷。

桑之未落，其葉沃若。於嗟鳩兮，無食桑葚。於嗟女兮，無與士耽。士之耽兮，猶可說也；女之耽兮，不可說也。

桑之落矣，其黃而隕。自我徂爾，三歲食貧。淇水湯湯，漸車帷裳。女也不爽，士貳其行。士也罔極，二三其德。

三歲為婦，靡室勞矣；夙興夜寐，靡有朝矣！言既遂矣，至於暴矣。兄弟不知，咥其笑矣。靜言思之，躬自悼矣。

及爾偕老，老使我怨。淇則有岸，隰則有泮。總角之宴，言笑晏晏。信誓旦旦，不思其反。反是不思，亦已焉哉！

這首詩寫一個癡心女子負心漢故事，是古代文學的傳統題材。這樣的故事在今天的生活中也並不少見，因而這篇作品不僅有歷史的意義，而且有一定現實意義，值得反覆吟詠，認真研究。

全詩共六章，寫一少女為一個青年男子所追求，墮入情網，與之結為夫妻。初則女子日夜勤勞家務，對丈夫言聽計從，生活尚為美滿；但是，三年

下來，女子色衰愛弛，男子（當是另有新歡）把她休棄了。這首詩作於女子被棄之後，是棄婦之辭。淒涼哀怨，痛悔交織，欲說還休，此恨綿綿，長歌當哭，誠敘事之佳構，言情之妙品。

與《關雎》不同，這是一對平民男女的婚姻。首章寫女子與氓私約婚期。男子「抱布貿絲」，假裝做生意來到集市上向姑娘求婚，似一往情深；女子初雖有所顧慮，但禁不住男子的急切懇求，終於許之「秋以為期」。這是他們感情發展的頂峰，也是女子命運折向深淵的開端。

二章寫女子望嫁的癡情和男子姍姍來遲的娶親。女子登上斷壁殘垣，企盼愛人前來迎娶，不見而哭，既見而喜，一片癡情和天真。但這時的氓卻有些到手的東西不足惜的意思了。他二人此時的感情與商定婚期時幾乎來了一個顛倒。氓要對他的婚事進行占卜，這雖然是當時的風俗，但也可以看出氓的愛情已帶有了利害的計較。而這時的女子，正如有句格言所說：「當我們愛得太厲害的時候，確認別人是否停止了愛我們是不容易的。」（法 拉羅什福科《道德箴言錄》）又有人說「愛情使人變傻」，「愛情是沒有眼睛的」等。她一點也沒有發覺氓在感情上的變化，糊裏糊塗中就「以爾車來，以我賄遷」，車馬輕快中顯示了婚姻的輕率，暗示了隨之而來的不幸。

三章抒情，以桑葉之潤澤喻女子風華正茂，而夫妻情味猶濃；以鳩食桑葚，喻女子墮入情網之不能自拔，而氓卻由漸而驟地負心背盟了。詩未作具體描繪，有「世間無限丹青手，一片傷心畫不成」（唐高蟾《金陵晚望》之致）。然而幾聲啜泣，幾聲浩歎，已為千古怨女棄婦寫心：「於嗟女兮，無與士耽。士之耽兮，猶可說也；女之耽兮，不可說也。」這既是男權社會兩性關係被扭曲的反映，又揭示了兩性感情自然屬性的差異。蓋男性感情易於發生，激烈得快，也平和得快；女子感情發展遲緩，但能持久專一。所以世間愛情悲劇多為「癡情女子負心漢」一類。劉禹錫《竹枝詞》云：「花紅易衰似郎意，流水無限似儂愁。」明雜劇《投梭記》中有句道白講得更明白：「常言道：『男子癡，一時迷；女子癡，沒藥醫。」斯達爾夫人說：「愛情是男子生活的插話，是女子生命的全書。」莎士比亞的詩《不要歎氣，姑娘》也說：

> 不要歎氣，姑娘，不要歎氣，
> 男人們都是些騙子，
> 一腳在岸上，一腳在海裏，
> 他天性朝三暮四。

不要歎息，讓他們去，

你何必愁眉不展？

收起你的哀思怨緒，

唱一曲清歌婉轉。

莫再悲吟，姑娘，莫再悲吟，

停住你沉重的哀音，

那一個夏天不綠葉成蔭？

那一個男子不負心？

不要歎息，讓他們去，

你何必愁眉不展？

收起你的哀絲怨緒，

唱一曲清歌婉轉。

（朱生豪譯）

錢鍾書用古代男子外事多而便於「亂思移愛」，女子「閨房窈窕……未足忘情攝志」〔註1〕加以解釋，誠有道理，但是把兩性自然生理、心理的差異考慮進去，應當更爲充分。

四章承上，以桑葉之黃隕，比夫妻感情之衰。女主人公終歲勤苦，治家事夫，卻因色衰愛弛而見棄。當年癡情，「送子涉淇，至于頓丘」，其喜如之何？而今見棄，「淇水湯湯，漸車帷裳」，其傷如之何？水流依舊，情事已空，有不堪回首之概，怨恨之情不覺油然而生。「士也不爽」四句，表白自己的無辜，痛斥氓的負心背德，正從「淇水」二句引出，是景中情，情中景，情景交融，女主人公愁、怨、憤、慨之情宣泄淋漓，是全詩敘事抒情的高潮。「淇水」的意象很好，有一首歌唱道：「獨自走一下我們走過的小路。」是說那最初與愛情相關的事物也最容易引發對愛情的回味，女主人公回車淇水之際，感情達到高潮是很自然的。

五章補敘「三歲食貧」的夫妻生活，並敘棄歸母家後孤苦無依哀哀無告的窘境。首六句寫女主人公早起晚睡操持家務，對丈夫唯命是從，反遭粗暴的對待。「兄弟不知」以下四句，寫休歸後兄弟亦不能諒解，則他人可知，女主人公只能自悼自傷。契訶夫有一篇小說寫一個老年喪子的馬車夫找不到人傾聽他一吐自己的悲哀，只好對著聽不懂人言的馬訴說，這裡女主人公的處

〔註1〕錢鍾書《管錐編》，中華書局 1979 年版，第 94 頁。

境也近乎如此。

末章總敘女主人公被棄後的悔恨無聊之情。詩中把希望與失望交織來寫：當年想「及爾偕老」，而今「老使我怨」，招致終生遺憾。當年「總角之宴，言笑晏晏。信誓旦旦，不思其反」，而今全成虛話。哀樂相生，誠僞相形，女主人公癡情而怨，氓負心而醜，更加躍然紙上。末二句爲棄婦自寬之辭，她似乎最終出離了痛苦，但實際上不過是無奈而已。羅曼・羅蘭說：「一旦愛情進入低潮，生命的狂流也趨於枯竭，他們只感到憔悴、空虛。」我國古人云：「哀莫大於心死。」用到這裡也是頗爲合適的。

以上六章分說，合而觀之，則全詩敘說了一個棄婦的故事，塑造了一個勤勞忠貞善良而又癡情的不幸婦女的形象。這個故事和形象有典型意義。

首先，正如恩格斯所說：「最初的階級壓迫，是同男性對女性的奴役同時發生的。」〔註2〕《氓》的故事正是這一種奴役的最早的寫生，開了後世棄婦詩及其他同類題材文學作品的先河。這一類故事的悲劇性不在於婦女的無辜被棄，而在於社會給定婦女不平等的地位，女子被認爲並且也自以爲是男子的附庸，以至於婚姻的破滅在女方既是事實上的不幸，又是觀念上人生意義的幾乎徹底的毀滅。可以想像，在男女平等的條件下，婚姻的不幸對於雙方都是同樣的不幸。離異固然會有痛苦，但短暫的痛苦換來的是解脫的愉快，當事人是不會有所謂被棄之感的。「棄婦」本身就是不平等的產物，在平等的條件下是無所謂棄與被棄的。

其次，是愛情心理的描繪。我國古代文學很晚才有心理描寫，寫女性心理又多是男子代言，不免有揣測之嫌，隔膜之感。這一首雖然不能斷定爲誰人所作，但是春秋以前沒有專門作家，「男女有所怨恨，相從而歌。饑者歌其食，勞者歌其事」（何休《春秋公羊傳・宣公十五年解詁》），從而認爲這首詩是棄婦自敘身世自道性情，應當是可信的。這是我國婦女所作最早的一首自傳體的敘事詩，其中有關愛情心理的描寫具有獨特的開創的意義。「士之耽兮，猶可說也。女之耽兮，不可說也」，道出了古今中外男女心理的一定普遍性的眞實，實際是後世「癡心女子負心漢」文學主題的哲學基礎。另外，女子「怨而不怒」的態度也有典型意義。「反是不思，亦已焉哉」，雖是無奈之辭，但是也表現了女子寬容的精神，後世作品多襲其意而有發揮。例如，漢

〔註2〕〔德〕恩格斯《家庭、私有制和國家的起源》，《馬克思恩格斯全集》第四卷，人民出版社1972年版，第61頁。

樂府《上山采蘼蕪》：「上山采蘼蕪，下山逢故夫。長跪問故夫：『新人復何如？』」唐人小說《鶯鶯傳》中的鶯鶯是這樣看待被棄的：「棄置今何道？當時且自親。還將舊時意，憐取眼前人。」並不因愛成仇，這一種態度不應當被單純看作是軟弱的表現，隨著文明的進步，值得大加提倡。

這首詩在藝術上渾然天成，富有獨創性。首先，它打亂了時空的順序，較多地運用倒敘、補敘等手法，使全篇結構避免了平鋪直敘，有迴環往復一唱三歎之妙。篇末二句說：「反是不思，亦已焉哉。」顯示全詩為回憶追敘之辭。以這種手法敘事是《氓》的首創。它便於靈活地追蹤往事，剪裁生活，組合集中鮮明的藝術畫面。這從第一章商定婚期就可以看得出來，那顯然不是戀愛的開始，甚至也不是氓第一次的求婚。詩從這裡開篇，省去了許多前奏的內容，把許嫁作一特寫鏡頭突現出來，深得剪裁之妙；接下來順敘，直到全詩終了。中間三次涉淇，使敘事呈階段性，次第井然。但是，順敘中又有追敘，補明前面省略大段，用「總角之宴，言笑晏晏」的青梅竹馬的歡樂甜美，襯托今日棄置孤獨的愁怨悔苦。「無往不復，無垂不縮」〔註3〕，處處又都合乎感情發展的邏輯，貌似雜亂，實則有序，不事經營卻遠過於後世嘔心瀝血之作。這可以看出寫實寫真的作用。

其次，敘事為主，抒情、議論三者並用，增強了作品的感染力。敘事以事動人，抒情議論則以情理動人，文章不免以一種形式為主，但是如果能雙管齊下乃至三者並用，相得益彰，自然也是好的。關鍵在內容的需要。這一篇為棄婦自述，聲淚交迸，三者並用最契合棄婦的心境，加以運用得好，時作點睛之筆，烘托渲染之辭，使全篇敘事如泣如訴，浮沉隱現於那動蕩不安的感情波瀾之中。

最後，比興手法的運用。以桑葉之「沃若」「其黃而隕」喻女色之盛衰、愛情之張弛，以鳩食桑葚喻女子之沉湎愛河不能自拔，都是「近取譬喻」，為當時歌者、聽者喜聞樂見。

棄婦詩在《詩經》中不止此一篇，其他還有《柏舟》《谷風》等，而以這一篇最為著名，對後世的影響也大。上面舉到的《上山采蘼蕪》《鶯鶯傳》，另有《孔雀東南飛》等，都有它的影響。

（原載《青年記者》1985 年第 12 期）

〔註 3〕錢鍾書《管錐編》，中華書局 1979 年版，第 93 頁。

復仇小說之傑作
——《三王墓》賞析

　　《三王墓》載晉干寶《搜神記》，事本劉向《列士傳》、趙曄《吳越春秋》。題目是後人擬定的。劉向是漢成帝時人，多見秘書，這個故事產生的年代應當更早，或可以追溯到戰國時代。

　　這是一個人民反抗暴政的復仇故事。雖然還僅是粗陳梗概，但如秦篆漢隸，樸拙有力，慷慨悲壯，千載下讀來，仍覺豪氣縱橫。賈島詩曰：「十年磨一劍，霜刃未曾試。今日把示君，誰有不平事？」（《劍客》）這篇小說正以其抨擊暴政，喚起義膽俠腸的藝術力量，留芳千古，享譽百代，成爲膾炙人口的名篇，復仇小說的傑作。

　　小說的主題是鮮明的。首先是對楚王暴政的抨擊，同時是對舊時一切殘暴勢力的揭露和鞭笞。當時的中國正處在奴隸社會，奴隸主草菅人命，夏桀、商紂是不必說了，到戰國時代，《詩經·秦風·黃鳥》還記載秦穆公用人殉。在這種社會條件下，干將鑄劍失期被殺，是楚王個人的殘暴，也是當時法律制度的黑暗。因此，這個故事對於揭露奴隸社會的野蠻，具有典型意義；對於後世君主的暴行也有震懾意義。當然，小說中的楚王不只是一個符號。他殺了干將，進一步追殺其子，還要聽客之言湯鑊煮赤的頭，其殘暴的個性也是很鮮明的。作品以楚王的被殺作了正義的宣判，表現了痛恨暴君，反抗暴政的民主傾向，具有很高的認識價值。

　　其次，肯定和歌頌了被壓迫人民反抗暴政、誓死復仇的精神。文學中復仇的主題早在先秦已經出現了，著名的如豫讓刺趙襄子，聶政刺韓王，都是爲他人復仇。爲報父仇反抗最高統治者，這是最早的故事。干將一家人都有

不屈的精神。從作品的情節看，干將莫邪爲楚王作劍，「三年乃成」，似誤了期。因此被殺，干將是早有準備的。然而爲什麼會誤期？作品沒有說。從干將是一位良工和處事的精明看，不像是不能按期完成。是不爲也，非不能爲也。因此，干將是抱著必死的決心鑄劍和慷慨赴難的。臨行前他做好了準備，留雄劍於遺腹子，一旦被殺，使爲自己報仇。或問干將何以不自己刺殺楚王？道理很簡單，楚王雖暴，但是尚未施於干將。此時行刺，師出無名。或問干將何以不逃跑？道理也很簡單，逃跑是失信和弱者的表現。這在干將都是不能和不屑於的。敢做敢當，此所謂大丈夫。孔子曰：「三軍可奪帥也，匹夫不可奪志也。」干將之志，可與天地並存，與日月爭輝。當其埋劍、別妻、挺身以赴死地，慷慨悲涼，大有「壯士一去兮不復還」之意，讀來不禁令人扼腕歎息。干將的妻子不負夫志，撫孤成人，也表現了臥薪嘗膽的精神。當然，眞正承擔復仇大任的是赤。作品寫赤一旦得知父仇，義無反顧，誓死復仇。乃至復仇不得，「入山行歌」。長歌當哭，悲愈深則恨愈切。《禮記·曲禮上》：「父之仇，弗共戴天。」赤正是在這種復仇精神指引下自刎以求助於客的。作品寫赤自刎後「兩手捧頭及劍奉之，立僵」，有死不瞑目之憾。接下來「客曰：『不負子也。』於是屍乃仆」。……直至客代赤報仇雪恨，歷盡周折，一瀉千里，大快人心。

最後，歌頌了舍生取義、抱打不平的俠義精神。《史記·遊俠列傳》：「今遊俠，其行雖不軌於正義，然其言必信，其行必果，已諾必誠，不愛其軀，赴士之厄困。既已存亡死生矣，而不矜其能，羞伐其德，蓋亦有足多者焉。」但是司馬遷已經感慨「古布衣之俠，靡得而聞已。……自秦以前，匹夫之俠，湮滅不見，余甚恨之」。所以《史記》只是記了漢興以後的遊俠，而這一篇所記的正是先秦「布衣之俠」「匹夫之俠」，可補《史記》之不足。「客」與豫讓、聶政等人復仇的感恩圖報有根本不同。他在赤急難之中，只是聽了赤的哭訴，便毅然以身相許，代爲復仇。客之見義勇爲，是純粹的利他精神。所以，同爲復仇，豫讓、聶政、專諸、荊軻之流是刺客，而這一篇中的「客」才是眞正的俠。後世小說中保有這種俠義精神的是《水滸傳》中魯智深一類人物，但也實在是太少了。多的只是展昭、白玉堂、黃天霸之流，終於是清官大人的鷹犬。作品中這位「客」連姓名都不著，不是作者的疏忽，而是俠義精神的完美體現。不容諱言，俠義精神有著歷史的局限性。但是在那黑暗的年代裏，「客」一類俠義人物的壯舉，不啻是劃破黑暗的一道耀眼的亮光，給被損害被侮辱的人們以微茫的希望。

　　總之，作品愛憎分明，有鮮明強烈的政治傾向性。那種為捍衛人的權力與尊嚴而父死子繼、扶弱除暴、萬死不辭的犧牲精神，是中華民族最寶貴的傳統美德之一，值得我們永遠保持與發揚下去。

　　《三王墓》不僅是一篇有較高思想價值的作品，而且是一篇藝術上相當成功的小說，有四點值得特別注意：

　　一是取材新穎，開掘深入。如前所述，在《三王墓》之前，有不少復仇的故事，但都是刺客感恩圖報為他人復仇。復父仇是這一篇的首創。而且它所寫的「客」，「路見不平，拔刀相助」，是真正意義上的俠。從而在復仇題材作品中別闢蹊徑，創造了新的人物。這些，都在小說史上有重要意義。

　　二是中心突出，主題鮮明而集中。全篇圍繞「復仇」二字結撰而成。先寫干將被殺結仇，進而其妻撫孤待時復仇，又進而赤取劍復仇——不成，然後有「客」代為復仇，直至成功，結以「三王墓」，「復仇」的線索單純而鮮明。加以干將曰：「王怒，往必殺我。」母告赤曰：「汝父為楚王作劍，三年乃成。王怒，殺之。」赤告客曰：「楚王殺吾父，吾欲報之。」三復強調，使復仇氣氛渲染得天風海雨逼人，加強了藝術的感染力。

　　三是情節曲折，引人入勝。小說一開始就把人物置於尖銳的矛盾衝突之中：干將獻劍，挺身以就死地，引起讀者的驚疑和思考，是一阻隔；接下來囑妻、埋劍，設下懸念，是又一阻隔；而以父死子繼，赤破石得劍欲報楚王，使情節得以伸展，是一大曲折。然而山重水複，楚王感夢，緝拿刺客，使赤報仇無路，「入山行歌」，是一阻隔，而以「客」允以代為復仇暢之；但是「客」欲「將子之頭與劍來為子報之」，順中有逆，而以赤死客繼，使情節得以伸展，是又一大曲折；「客」入見楚王，「王大喜」，「客」賺楚王臨鑊而殺之，更是曲曲折折。結末以「三首俱爛，不可識別，乃分其湯肉葬之，故通名『三王墓』」，也設想奇特，大慰人心。另外，干將埋劍的隱語也增加了故事的情趣。總之，篇幅短小而故事性頗強，是這篇小說的一大特點。

　　四是簡潔而精彩的細節描寫。這篇小說還難說有細緻的描寫，但是它已經注意到運用描寫的手段，是一個明顯的事實。例如語言描寫，有干將語妻、赤兒問母及與客的對話，客賺王的對話；行動描寫，有「兒入山亡去，入山行歌」，寫赤的無奈和悲憤；有赤「自刎，兩手捧頭及劍奉之，立僵」，寫赤的死不瞑目。接下來「客曰：『不負子也。』屍乃仆」，乃至赤之頭「三日三夕不爛。頭踔出湯中，瞋目大怒」，等等，都一字千鈞，驚心動魄。

綜上所述，《三王墓》是我國早期小說的優秀之作。它經先秦傳說和漢晉文人加工成篇，在我國早期小說發展中有一定典型性。讀好讀懂這篇小說，是一次美的享受，對於理解中國小說史也甚有益處。

（1993 年 10 月 1 日）

附原文：

三王墓

楚干將莫邪爲楚王作劍，三年乃成。王怒，欲殺之。劍有雌雄。其妻重身當產。夫語妻曰：「吾爲王作劍，三年乃成。王怒，往必殺我。汝若生子是男，大，告之曰：『出戶望南山，松生石上，劍在其背。』」於是即將雌劍，往見楚王。王大怒，使相之：「劍有二，一雄一雌，雌來雄不來。」王怒，即殺之。

莫邪子名赤比，後壯，乃問其母曰：「吾父所在？」母曰：「汝父爲楚王作劍，三年乃成。王怒，殺之。去時囑我：『語汝子：出戶望南山，松生石上，劍在其背。』」於是子出戶南望，不見有山，但睹堂前松柱下，石砥之上，即以斧破其背，得劍。日夜思欲報楚王。

王夢見一兒，眉間廣尺，言：「欲報仇。」王即購之千金。兒聞之，亡去。入山行歌。客有逢者，謂：「子年少，何哭之甚悲耶？」曰：「吾干將、莫邪子也，楚王殺吾父，吾欲報之。」客曰：「聞王購子頭千金，將子頭與劍來，爲子報之。」兒曰：「幸甚！」即自刎，兩手捧頭及劍奉之，立僵。客曰：「不負子也。」於是屍乃仆。

客持頭往見楚王，王大喜。客曰：「此乃勇士頭也，當於湯鑊煮之。」王如其言。煮頭三日三夕，不爛。頭踔出湯中，瞋目大怒。客曰：「此兒頭不爛，願王自爲臨視之，是必爛也。」王即臨之。客以劍擬王，王頭隨墮湯中。客亦自擬己頭，頭復墮湯中。三首俱爛，不可識別。乃分其湯肉葬之，故通名「三王墓」。今在汝南北宜春縣界。〔註1〕

〔註1〕〔晉〕干寶《搜神記》，汪紹楹校注，中華書局 1979 年版，第 128～129 頁。

釋「低綺戶」

　　蘇軾《水調歌頭》（明月幾時有）是膾炙人口的名篇。南宋胡仔說：「中秋詞自東坡《水調歌頭》一出，餘詞盡廢。」實在非溢美之辭。然而，又正是這位胡仔引其先君的話批評說：「坡詞『低綺戶』，當云『窺綺戶』，一字既改，其詞愈佳。」遂使幾百年來這「低」字不當近乎定論，至今一些宋詞的選家仍附合此論。我讀坡詞，至「低綺戶」，覺眾妙畢集，因疑胡仔挑剔過當，故為之說。

　　「低綺戶」為坡詞下闋首句中語。全句為「轉朱閣，低綺戶，照無眠。」實寫月出東山，當空如航，漸漸西沉的動態，象徵了詩人從「欲乘風歸去」到「何似在人間」的起伏心潮。其景壯觀，其意雄渾，而一歸於詩人「無眠」中難遣的憂鬱。這個「低」字，上承月「轉」，下啓月「照」，準確地畫出了明月行空的方位的變化，暗示了「歡飲達旦」的時間，自然地過度到西沉之月與不眠之人隔窗相望的情景。李白詩云：「床前明月光，疑是地上霜。舉頭望明月，低頭思故鄉。」坡詞中這低近雕花窗櫺的明月，正是引起詩人抒發「不應有恨」之情的媒介——月本無意而低，詩人有情而作，「低」字正不知有多少妙處。如作「窺」字，不惟皓月運行的境界不能全出，且與「照」字意義重複，煞盡風景。晏殊詞曰：「明月不諳離恨苦，斜光到曉穿朱戶。」正是因為明月「不諳」，才使詩人不堪忍受的愁苦難以排遣。坡詞正是用「低」字把中秋良宵月圓而人不團圓的缺憾映襯突現出來：「不應有恨，何事長向別時圓？」

　　蘇軾非不諳用「窺」字，但他不濫用「窺」字。其《洞仙歌》（冰肌玉骨）云：「綠簾開，一點明月窺人；人未寢，敧枕釵橫鬢亂。」也是寫月入朱戶。

但這裡的主人公是一位展轉反側、午夜未寢的佳人。與此形象諧和，明月也變得婉轉多情，因而主動地「窺」將進來，增飾了全作清雋的色彩。而在詩人直抒胸臆的作品中，我們卻找不到這類柔婉之辭。試讀「把酒問青天」「起舞弄清影」諸句，哪有半點小兒女忸怩之態，愁苦中也自有一番雄渾氣象。至於「但願人長久，千里共嬋娟」諸語，更見出詩人不滯於物，不凝於心，蕭然意遠，曠達樂觀的胸襟。與這樣一位豪放之士相映襯的，又怎能是忸怩作態，偷瞧人的月亮呢？胡仔知坡詞妙絕古今，卻不知「低綺戶」一語眾妙畢集，豈非千慮一失！

　　我國的古典詩詞在極小的格局中顯示出闊大幽遠的意境，因而「煉」字往往標誌詩人的才情。坡詞中的「低」字或是妙手偶得，但仍是這位一代詞宗卓越才華和風格的體現。所謂「一字不易」，正是爲其人其作的風骨氣韻所決定的，不可對此一字作孤立的看待。

（原載《語文函授》1985 年第 3 期）

《遊黃山後記》賞析

　　歷代山水遊記之作，盛在明清；明清之作，首推《徐霞客遊記》。本篇爲徐弘祖（霞客）於萬曆四十六年（1618）九月第二次遊黃山的日記，是《徐霞客遊記》中最爲精彩的部分之一，也是歷代黃山遊記中的名作。

　　弘祖年三十而肆於遊，「不避風雨，不憚虎狼，不計程期，不求伴侶，以性靈遊，以軀命遊，亘古以來，一人而已。」（潘耒《遂初堂集·徐霞客遊記序》）其遊所至，「與人論山經，辨水脈、搜討形勝，……走筆爲記。」（錢謙益《徐霞客傳》）是以遊山水爲事業、爲學問。所以，他的遊記不同於一般文人騷客放浪山水抒情遣興之作，而體近質實，意主經世，上接桑經酈注（漢桑欽《水經》，北魏酈道元《水經注》），下啓近代地理考察之文，是古代地理科學著作而兼遊記文學的典範。本篇即體現了這一風格而又有自己的特點。

　　首先，記敘具體而分明。全文記敘不作含糊語，如記時有云「初三日」「初四日」……「時已過午」「瞑色已合」等，記路程有云「七十里」「五里」「十四里」……「一里，得茅廬」「三里，至煉丹臺」等，記登山路線有云「上黃泥崗，……轉入石門，越天都之脅而下，……路旁一歧東上，……遂前趨直上，幾達天都側。復北上，行石罅中……」，記攀援有云「從流石蛇行而上，攀草牽棘，石塊叢起則歷塊，石崖側削則援崖。每至手足無可著處，澄源必先登垂接」等等，都言之鑿鑿。全文爲日記體，以時間爲序，記戊午九月初三日始向黃山，初四日入山遊天都，初五日遊蓮花，初六日觀牌樓石、遊仙燈洞、臨九龍潭、過苦竹灘而出山。記四日遊，以初四、五日遊天都、蓮花二峰爲中心，線索分明，層次清楚，中心突出。讀此篇，黃山並作者此遊之大略，歷歷如在目前，其言之有物，言之有序，眞可供讀者臥遊矣。

其次，敘述委屈，摹寫生動。黃山本奇險，加以彼時未盡開發，尋幽探勝更是要百折千回，上下求索。而作者使筆如舌，娓娓道來，無不盡此遊之曲折。如寫登蓮花峰：「一路沿危壁西行，凡再降陟，將下百步雲梯，有路可直躋蓮花峰，既陟而礏絕，疑而復下。隔峰一僧高呼曰：『此正蓮花道也！』」其文隨山徑之跌宕曲折、遊人之猶疑恍悟而斗折蛇行，搖曳多姿。山中景物描寫準確生動，如寫「石峰片片夾起」，遠山勁松巨柏「無不平貼石上，如苔蘚然」。「濃霧半作半止」，「每陣至，則對面不見」。「上黃泥岡，向時雲裏諸峰，漸漸透出，亦漸漸落吾杖底」。雲海蒼蒼無定，「下盼諸峰，時出為碧嶠，時沒為銀海」，等等，都妙攝對象的特徵。或使靜物動態化，景物擬人化，或結合遊人來寫，動靜相形，以我觀物，不僅繪形繪色，而且傳其神韻。讀此篇，到過黃山的人當歎服作者觀察之細緻，摹繪之貼切；沒到過黃山的人，當倍增其神往之情。

最後，全文生氣灌注，性情搖蕩。作者雖為考察而遊山，為經世而作記，但作者「奇情郁然，玄對山水」（錢謙益《徐霞客傳》），他的遊記並不止於簿記泉石，模山範水，而每每傾注熱愛祖國瑰麗河山和勇於探險攀登的豪情。入山未深，作者即為「燦若圖繡」的山色所激動，「因念黃山當生平奇覽，而有奇若此，前未一探，茲遊快且愧矣」。至文殊院，「四顧奇峰錯列，眾壑縱橫」，作者更進一步感歎道：「非再至，焉知其奇若此！」對黃山奇覽相見恨晚的傾倒之情溢於言表。登上蓮花峰頂，作者「四望空碧」，見蓮花峰「居黃山之中，獨出諸峰上，四面岩壁環聳，遇朝陽霽色，鮮映層發，令人狂叫欲舞」，讀來如見作者陶醉於峰巔的無限風光，歡喜若狂手舞足蹈的情狀，不亦快哉！又寫入山後作者一路領先：「乃一路奇景，不覺引余獨往」「興甚勇」，當廟僧謂「天都近而無路，……只宜近盼」時，作者「不從，決意遊天都」，而攀援歷險中「每念上既如此，下何以堪？終亦不顧」。其一往無前，敢於探險登高的精神躍然紙上。吾每歎天下奇境，必待奇人孜孜以求，徐弘祖之再遊黃山、記黃山正是如此。他愛慕黃山的癡情流往搖漾於體近質實的記述之中，使這篇意主經世的地理考察之文，成了遊記文學的上品。

錢謙益謂徐弘祖「居平未曾鏨鑿為古文辭」（《徐霞客傳》）。今觀此篇，計日按程，略無剪裁布置，似也無意於作文，但卻是歷代黃山遊記中的名作。其間道理，雖關才情，亦因「道所親歷」（楊氏重訂本《徐霞客遊記·序》）。外此，抑亦江山之助乎？

（原載蕭滌非、劉乃昌主編《中國文學名篇鑒賞辭典》，
山東大學出版社 1992 年 9 月版）

附原文：

遊黃山後記 （明・徐弘祖）

戊午九月初三日　　出白岳榔梅庵，至桃源橋，從小橋右下，陡甚，即舊向黃山路也。七十里，宿江村。

初四日　　十五里，至湯口。五里，至湯寺，浴於湯池。扶杖望珠砂庵而登。十里，上黃泥岡，向時雲裏諸峰，漸漸透出，亦漸漸落吾杖底。轉入石門，越天都之脅而下，至天都、蓮花二頂，俱秀出天半。路旁一歧東上，乃昔所未至者，遂前趨直上，幾達天都側。復北上，行石罅中，石峰片片夾起，路宛轉石間，塞者鑿之，陡者級之，斷者架木通之，懸者植梯接之。下瞰峭壑陰森，楓松相間，五色紛披，燦若圖繡。因念黃山當生平奇覽，而有奇若此，前未一探，茲遊快且愧矣。時夫僕俱阻險行後，余亦停弗上，乃一路奇景，不覺引余獨往。既登峰頭，一庵翼然，為文殊院，亦余昔年欲登未登者。左天都，右蓮花，背倚玉屏風。兩峰秀色，俱可手攬。四顧奇峰錯列，眾壑縱橫，真黃山絕勝處！非再至，焉知其奇若此！遇遊僧澄源至，興甚勇。時已過午，奴輩適至，立庵前，指點兩峰。庵僧謂：「天都雖近而無路，蓮花可登而路遙，只宜近盼天都，明日登蓮頂。」余不從，決意遊天都；挾澄源、奴子，仍下峽路。至天都側，從流石蛇行而上，攀草牽棘，石塊叢起則歷塊，石崖側削則援崖，每至手足無可著處，澄源必先登垂接。每念上既如此，下何以堪？終亦不顧。歷險數次，遂登峰頂，惟一石頂，壁起猶數十丈。澄源尋視其側，得級，挾予以登，萬峰無不下伏，獨蓮花與抗耳。時濃霧半作半止，每一陣至，則對面不見。眺蓮花諸峰，多在霧中。獨上天都，予至其前，則霧徙於後；予越其右，則霧出於左。其松猶有曲挺縱橫者，柏雖大幹如臂，無不平貼石上如苔蘚然。山高風巨，霧氣去來無定，下盼諸峰，時出為碧嶠，時沒為銀海。再眺山下，則日光晶晶，別一區宇也。日漸暮，遂前其足，手向後據地，

坐而下脫，至險絕處，澄源並肩手相接。度險下至山坳，暝色已合，復從峽度棧以上，止文殊院。

初五日　平明，從天都峰坳中北下二里，石壁岈然，其下蓮花洞，正與前坑石筍對峙，一塢幽然。別澄源下山，至前歧路側，向蓮花峰而趨。一路沿危壁西行，凡再降陟，將下百步雲梯，有路可直躋蓮花峰，既陟而磴絕，疑而復下。隔峰一僧高呼曰：「此正蓮花道也！」乃從石坡側度石隙，徑小而峻，峰頂皆巨石鼎峙，中空如室，從其中疊級而上，級窮洞轉，屈曲奇詭，如下上樓閣中，忘其峻出天表也。一里，得茅廬，倚石罅中，方徘徊欲升，則前呼道之僧至矣。僧號凌虛，結矛於此者，遂與把臂陟頂。頂上一石，懸隔二丈，僧取梯以度，其巔廓然。四望空碧，即天都亦俯首矣。蓋是峰居黃山之中，獨出諸峰上，四面岩壁環聳，遇朝陽霽色，鮮映層發，令人狂叫欲舞。久之，返茅庵。凌虛出粥相餉，啜一盂。乃下至歧路側，過大悲頂，上天門。三里，至煉丹臺，循臺嘴而下。觀玉屏風、三海門諸峰，悉從深塢中壁立起。其丹臺一岡中垂，頗無奇峻，惟瞰翠微之背，塢中峰巒錯聳，上下周映，非此不盡瞻眺之奇耳。還過平天矼，下後海，入智空庵，別焉。三里，下獅子林，趨石筍矼，至向年所登尖峰上，倚松而坐，瞰塢中峰石回攢，藻繢滿眼，始覺匡廬、石門，或具一體，或缺一面，不若此之閎博富麗也。久之，上接引崖，下眺塢中，陰陰覺有異。復至岡上尖峰側，踐流石，援棘草，隨坑而下，愈下愈深，諸峰自相掩蔽，不能一目盡也。日暮，返獅子林。

初六日　別霞光，從山坑向丞相原。下七里，至白沙嶺，霞光復至，因余欲觀牌樓石，恐白沙庵無指者，追來為導。遂同上嶺，指嶺右隔坡，有石叢立，下分上並，即牌樓石也。余欲逾坑溯澗，直造其下，僧謂：「棘迷路絕，必不能行，若從坑直下丞相原，不必復上此嶺，若欲從仙燈而往，不若即由此嶺東向。」余從之，循嶺脊行。嶺橫亙天都、蓮花之北，狹甚，旁不容足，南北皆崇峰夾映。嶺盡北下，仰瞻右峰羅漢石。圓頭禿頂，儼然二僧也。下至坑中，逾澗以上。共四里，登仙燈洞。洞南向，正對天都之陰，僧架閣連板於外，而內猶穹然，天趣未盡刊也。復南下三里，過丞相原，山

間一夾地耳。其庵頗整，四顧無奇，竟不入。循南向循山腰行五里，漸下，澗中泉聲沸然，從石間九級下瀉，每級一下，有潭淵碧，所謂九龍潭也。黃山無懸流飛瀑，惟此耳。又下五里，過苦竹灘，轉循太平縣路，向東北行。

（據乾隆刻本《徐霞客遊記》第一冊上）

《原君》賞析

「原」是推本求源的意思，用作論文的篇名，大約本於《周易》「原始以要終」的話。最早有《呂氏春秋》的《原道訓》《文心雕龍》的《原道》等，「自韓愈作『五原』（《原道》《原性》《原毀》《原人》《原鬼》），而後人因之」（徐師曾《文體明辨序說》），以「原」名篇的文章遂成爲議論文的一種，黃宗羲《原君》就是這類議論文中最著名者之一。它是一篇政論，推究設君和爲君的道理，論題重大而敏感，秦漢以來罕見有作。明太祖甚至還把成書於戰國的《孟子》中「民爲貴，社稷次之，君爲輕」之類的話刪除了，而黃宗羲卻在清初「膾炙人口的虐政」（魯迅語）下拈出這個題目，把它放在所作《明夷待訪錄》的第一篇，是非有闖禁區的精神不行的。

黃宗羲是清初激進的啓蒙民主思想家和卓越的歷史學家，《原君》是他思想和學術的一個最高成就。文章從「有生之初」，講到「今也天下」；從「古之人君」，講到「後之爲人君者」，縱論千古，高度概括，揭示了「君之職分」在於爲天下興利除害、「天下爲主，君爲客，凡君之所畢世而經營者，爲天下也」的道理；痛斥了「後之爲人君者」倒行逆施，屠毒敲剝天下人以「博我一人之產業」「奉我一人之淫樂」的罪行；作出了「爲天下之大害者，君而已矣」的著名論斷，和「向使無君」的反叛性的假設。其論在當時足以振聾發聵，驚世駭俗，在二百年後還推動了資產階級改良運動的發展。顧炎武曰：「文須有益於天下」，《原君》正是一篇有益於天下後世的好文章。

《原君》論述有順有逆，文氣充足。全篇先述古而論今，論今爲主，文順而意逆。從文法看，全篇順說，如首段述「有生之初」君主產生的原因、「古之人君」的職分及去留，第二段以下即轉入評論「後之爲君者」，是全文重心；

論今也以述古爲陪襯，先述古而後論今，如「古者以天下爲主，……今也以君爲主，……」，「古者天下之人愛戴其君，……今也天下之人怨惡其君，……」等等，全篇從整體到局部都古今對比，層層順說，如海潮拍岸，層波疊浪，厚重有力。順說中又大量運用排比，使氣勢更加雄渾。從文意看，全篇逆推，即推究「爲君之職分」和古今爲君之道迥異的原因，如「豈設君之道固如是乎？」「至廢孟子而不立，非導源於小儒乎！」「回思創時，其欲得天下之心，有不廢然而摧沮者乎！」等等，處處追溯源頭，如逆水行舟，激起浪花，使文勢振起，發人深省。當然逆推中也有順說，如「今也以君爲主，天下爲客」，至「向使無君，人各得自私也」，是順說道理，接下來感歎、反問是逆推，有順有逆，文氣充足。

論證有理有據，雄辨有力。首段從人性自私自利出發說理，正面闡明「爲君之職分」，以三代人君的去留證明之；第二段首句「爲之爲人君者不然」爲一轉折和過度，透視後世之君「家天下」之心，「逐利之情」和創業、守業的作爲，得出「爲天下之大害者，君而已矣」的結論，並進一步展開議論，追溯「設君之道」；第三段承上講「今也天下之人怨惡其君，視之如寇讎，名之爲獨夫，固其所也」，舉小儒死守僵化的君臣之義和「後世之君……禁人之窺伺」加以批判，實際是說明「獨夫」當誅，「後世之君」罪責難逃；第四段說明「家天下」必然喪失的道理和「遠者數世，近者及身，其血肉之崩潰在其子孫」的慘痛教訓，進一步闡明「爲人君之職分」。各段或先說理而後舉證，或先述事而後論說，引經據典，妙義迭出，有很強的說服力。

語言流暢多變，筆端時帶感情，加強了說理服人的效果。《原君》雖論題重大，觀點深刻，但作者舉重若輕，深入淺出。全篇要言不繁，無冗長句，無僻典，述事議論，曲折達意，流轉自然。有時娓娓道來，如首段；有時如雷霆萬鈞，如「既以產業視之，人之欲得產業，誰不如我？攝緘縢，固扃鐍，一人之智力，不能勝天下欲得之者之眾，遠者數世，近者及身，其血肉之崩潰在其子孫矣」。有時則慨乎言之，如「嗚呼！其設君之道固如是乎」，「痛哉斯言！回思創業時，其欲得天下之心，有不廢然而摧沮者乎」。有時語含譏刺，如云後世之君「視天下爲莫大之產業」心理的形成爲「始而慚焉，久而安焉」，云小儒愚執僵化的君臣之義爲「規規焉」，云後世之君屠毒敲剝天下之人爲「曾不慘然」「視爲當然」等等；有時單刀直入，如「然則爲天下之大害者，君而已矣」，「豈天地之大，於兆人萬姓之中，獨私其一人一姓乎」。這些地方都充

滿感情，或憎惡、或蔑視、或感歎、或慷慨激烈，氣盛言宜，既曉之以理，又動之以情。

《原君》在思想上繼承《孟子》民貴君輕的主張而有飛躍性的發展，在藝術上也繼承了《孟子》的風格而有自己的特點。但無論思想或藝術上都未能超出封建正統文學的範疇。例如，它在所謂人性自私自利的基礎上明「爲君之職分」，在不根本否定君主制的前提下批判後世之君，用頌古對比非今，始於激烈終於委婉平和的「怨而不怒」的文風等，都有明顯時代或階級的局限性。但「大醇而小疵」（韓愈評《荀子》語），作爲一代文獻，《原君》的思想價值和文學價值都是萬古不可磨滅的。

（原載蕭滌非、劉乃昌主編《中國文學名篇鑒賞辭典》，

山東大學出版社 1992 年 9 月版）

附原文：

原君（清·黃宗羲）

有生之初，人各自私也，人各自利也；天下有公利而莫或興之，有公害而莫或除之。有人者出，不以一己之利爲利，而使天下受其利；不以一己之害爲害，而使天下釋其害；此其人之勤勞必千萬於天下之人。夫以千萬倍之勤勞，而己又不享其利，必非天下之人情所居也。故古之人君，量而不欲入者，許由、務光是也；入而又去之者，堯、舜是也；初不欲入而不得去者，禹是也。豈古之人有所異哉？好逸惡勞，亦猶夫人之情也。

後之爲人君者不然。以爲天下利害之權皆出於我，我以天下之利盡歸於己，以天下之害盡歸於人，亦無不可；使天下之人不敢自私，不敢自利，以我之大私爲天下之大公。始而慚焉，久而安焉，視天下爲莫大之產業，傳之子孫，受享無窮。漢高帝所謂「某業所就，孰與仲多」者，其逐利之情，不覺溢之於辭矣。此無他，古者以天下爲主，君爲客，凡君之所畢世而經營者，爲天下也。今也以君爲主，天下爲客，凡天下之無地而得安寧者，爲君也。是以其未得之也，屠毒天下之肝腦，離散天下之子女，以博我一人之產業，曾不慘然，曰：「我固爲子孫創業也。」其既得之也，敲剝天下之骨

髓，離散天下之子女，以奉我一人之淫樂，視爲當然，曰：「此我產業之花息也。」然則爲天下之大害者，君而已矣。向使無君，人各得自私也，人各得自利也。嗚呼！豈設君之道固如是乎？

古者天下之人愛戴其君，比之如父，擬之如天，誠不爲過也。今也天下之人，怨惡其君，視之如寇讎，名之爲獨夫，固其所也。而小儒規規焉以君臣之義無所逃於天地之間，至桀、紂之暴，猶謂湯、武不當誅之，而妄傳伯夷、叔齊無稽之事，乃兆人萬姓崩潰之血肉，曾不異夫腐鼠。豈天地之大，於兆人萬姓之中，獨私其一人一姓乎！是故武王，聖人也；孟子之言，聖人之言也。後世之君，欲以如父如天之空名，禁人之窺伺者，皆不便於其言，至廢孟子而不立，非導源於小儒乎！

雖然，使後之爲君者，果能保此產業，傳之無窮，亦無怪乎其私之也。既以產業視之，人之欲得產業，誰不如我？攝緘縢，固扃鐍。一人之智力，不能勝天下欲得之者之眾，遠者數世，近者及身，其血肉之崩潰在其子孫矣。昔人願世世無生帝王家，而毅宗之語公主，亦曰：「若何爲生我家！」痛哉斯言！回思創業時，其欲得天下之心，有不廢然摧沮者乎！是故明乎爲君之職分，則唐、虞之世，人人能讓，許由、務光非絕塵也；不明乎爲君之職分，則市井之間，人人可欲，許由、務光所以曠後世而不聞也。然君之職分難明，以俄頃淫樂不易無窮之悲，雖愚者亦明之矣。

（據《四庫備要》本《明夷待訪錄》）

《與友人論學書》賞析

　　古來學問家何止萬千，但稱得上開一代風氣的人卻總是不多的。顧炎武就是清朝一代學術的開山之祖。梁啓超云：自顧炎武出，「於是學界空氣一變，二三百年間跟著他所帶的路走去。」（《清代學術概論》）這篇《與友人論學書》就是他開啓一代學術的綱領。此書寫於康熙六年（1667），所與者是濟陽（今屬山東濟南）布衣學者張爾岐，但它的影響卻廣大而深遠。

　　本書論學的宗旨，一條是「博學於文」，一條是「行己有恥」。這兩條雖然都是從《論語》中拈出的現成話，但顧炎武在當時提倡，卻有針砭時弊撥亂反正的意義。清初承明季王陽明「心學」的流弊，學者束書不觀，遊淡無根，抱守所謂堯、舜「十六字心傳」，「以明心見性之空言，代修己治人之實學」（顧炎武《日知錄》卷七《夫子之言性與天道》），紛紛聚徒講論。在顧炎武看來，正是這種學風，使士大夫知識日以荒陋，人品日以墮落，以至「神州蕩覆，宗社丘墟」（同上）。所以本文開篇即浩歎「百餘年以來之爲學者」云云，深惡痛絕，欲爲之掃除廓清。這兩條就是他力矯王學頹風的方針。

　　顧炎武既是從歷史的高度和國家民族興亡看待學風問題，他的論學就不限於前人讀書求知、作文明道的目標，而所見者遠，所志者大。「博學於文」，其所謂「博」，即「好古敏求」「多學而識」；其所謂「文」非指辭章，也不單指書本，而是包括天下萬事萬物的道理。他說：「自身而至於家國天下，制之爲度數，發之爲音容，莫非文也。」（《日知錄》卷七《博學於文》）「博學於文」就是要從王學內求心性的空虛無用之途解放出來，治經格物，外求客觀，面向實際，經世致用。但是，治學的根本和最切近的目標卻在自身。所以，他又提出「行己有恥」，這個「恥」，關乎自身，也關乎「家國天下」，所謂「不

恥惡衣惡食，而恥匹夫匹婦之不被其澤」。在別處，他甚至還引史家之說並論曰：「禮義廉恥，是謂四維。四維不張，國乃滅亡。……然而四者之中，恥尤爲要。……人之不廉而至於悖禮犯義，其原皆生於無恥也。故士大夫之無恥，謂之國恥。」（《日知錄》卷十三《廉恥》）

表面看來，這兩條前者講治學，後者講治行，合起來不過尋常教養的題目。其實不然，作者是逆著百年的頹風提倡這兩條的，是懷著明遺民的家國之痛和對變節仕清者的憤懣講這兩條的，所以能振聾發聵，激動人心。張爾岐在答書中說：「《論學書》粹然儒者之言，特拈『博學』、『行己』二事以爲學鵠，確當不易，眞足砭好高無實之病。『行己有恥』一語，更覺切至。」（《蒿庵集‧答顧寧人書》）「切至」二字評語有深意，暗示本文持論的戰鬥意義和鮮明特點。

文章氣度嚴正，析義精闢。作者對百餘年來王學流弊深惡痛絕，但除第三節「是必其道」以下數語微露諷刺外，大致平心靜氣說理，不取嘻笑怒罵的方式。說理充滿自信，如大匠治材，標舉古聖先賢的學行教誨，繩之於「今之君子」，造成泰山壓頂之勢，使結論不言自明，卻又以「我弗敢知也」「非愚之所敢言也」等語輕輕蕩開，表示對「今之君子」的鄙棄之意。「嗚呼！聖人之所以爲學者，何其平易而可循也。」「嗚呼！……吾見其日從事於聖人而去之彌遠也。」這些感歎連同對友人謙恭婉轉的措辭，使文章帶有大儒施教論道的莊肅堂正氣象，讀來使人油然而生敬服之感。說理又出入經史，旁徵博引而談言微中，如第二、四節所舉例證，大都曾被理學家們執其一端，曲解爲明心見性的根據。但作者無不一語解惑，使事理分明，撥亂反正。

文章法度嚴整而富於變化。開篇數語說明作書的原因和用意，揭出「百餘年以來之爲學者」的狀況爲批判對象，第二、三、四節是具體的批判論證，第五節主要從正面提出主張，作出結論。全文先破後立，但第二、三、四節的批判「今之君子」都從正面說起。批判分兩層，第二、三節爲一層，第四節爲一層，兩個「我弗敢知也」是明確標誌。第一層批判「今之君子」的「空虛之學」，即所謂「聚賓客門人之學者數十百人，……終日講『危微精一』之說」。先舉孔子、子貢、顏子、曾子、子夏諸聖賢間的學問授受，然後對照「今之君子」的講學；第二層批判「今之君子」「言仁」而「不忠與清」，「言道」而「忮且求」的虛偽本質。先舉孟子、伊尹等或言或不言心性，而都重「出處、去就、辭受、取與之間」的實行，然後對照「今之君子」的「恒言」性

命天理，而「罕言」出處去就等，並進一步揭露他們以「仁」與「道」掩飾自己節行無修甚至有虧的做法。因爲「今之君子」們都是標榜孔孟以售其說的，所以作者一皆從孔孟說起，正本清源，刨根搜底，揭出了他們「日從事於聖人而去之彌遠」的假道學本質。這兩層批判又都破中有立。第一層批判中實際已引出「博學於文」的主張，第二層批判中也寓含了「行己有恥」的要求。第五節具體揭出這兩條自然仍是必不可少的，但已是水到渠成，重在總結和發揮。「且以區區之見」以下二句照應開頭，全文一氣呵成，組織嚴密整飭中論述的手法語言等都隨機變化，表現了高超的技巧。

《與友人論學書》實際是顧炎武歷經滄桑飽嘗憂患之後的歷史反思，它以切中時弊的批判和鮮明的理論主張順應了清初思想學術變革的要求，從而成爲開一代實學的重要文獻。但它能造成廣大深遠的影響，是與作者的身體力行分不開的。顧炎武本人就是「博學於文」「行己有恥」的典範。清人席威云：「先生此書說得到做得到，所以可貴。」（《顧亭林先生遺書‧與友人論學書》批語）我們還可以加上一句即「所以可信」，然後才有「二三百年間跟著他所帶的路走去」。時至今日，這篇在儒家古訓裏生發新義的論學書的許多具體內容自然是過時了，但它嫉空言、尚實學、重節行的治學精神，以及論文寫作的技巧還是值得我們借鑒的。

（原載蕭滌非、劉乃昌主編《中國文學名篇鑒賞辭典》，
山東大學出版社 1992 年 9 月版）

附原文：

與友人論學書（清‧顧炎武）

比往來南北，頗承友朋推一日之長，問道於盲。竊歎夫百餘年以來之爲學者，往往言心言性，而茫乎不得其解也。

命與仁，夫子之所罕言也；性與天道，子貢之所未得聞也。性命之理，著之《易傳》，未嘗數以語人。其答問士也，則曰：「行己有恥」；其爲學，則曰：「好古敏求。」其與門弟子言，舉堯、舜相傳所謂「危微精一」之說，一切不道，而但曰「允執其中，四海困窮，天祿永終。」嗚呼！聖人之所以爲學者，何其平易而可循也！故曰：「下學而上達。」顏子之幾乎聖也，猶曰：「博我以文。」其

告哀公也，明善之功，先之以博學。自曾子而下，篤實無若子夏，而其言仁也，則曰：「博學而篤志，切問而近思。」

今之君子則不然。聚賓客門人之學者數十百人，「譬諸草木，區以別矣」，而一皆與之言心言性，舍多學而識，以求一貫之方；置四海之困窮不言，而終日講「危微精一」之説。是必其道之高於夫子，而其門弟子之賢於子貢，逃東魯而直接二帝之心傳者也。我弗敢知也。

《孟子》一書，言心言性，亦諄諄矣。乃至萬章、公孫丑、陳代、陳臻、周霄、彭更之所問，與孟子之所答者，常在乎出處、去就、辭受、取與之間。以伊尹之元聖，堯、舜其君其民之盛德大功，而其本乃在乎千駟、一介之不視不取。伯夷、伊尹之不同於孔子也；而其同者，則以「行一不義，殺一不辜，而得天下不爲」。是故性也，命也，天也，夫子之所罕言，而今之君子之所恒言也；出處、去就、辭受、取與之辨，孔子、孟子之所恒言，而今之君子所罕言也。謂忠與清之未至於仁，而不知不忠與清而可以言仁者，未之有也；謂不忮不求之不足以盡道，而不知終身於忮且求而可以言道者，未之有也。我弗敢知也。

愚所謂聖人之道者如之何？曰「博學於文」。曰「行己有恥」。自一身以至於天下國家，皆學之事也；自子臣弟友以至出入、往來、辭受、取與之間，皆有恥之事也。恥之於人大矣！不恥惡衣惡食，而恥匹夫匹婦之不被其澤，故曰：「萬物皆備於我矣，反身而誠。」嗚呼！士而不先言恥，則爲無本之人；非好古而多聞，則爲空虛之學。以無本之人，而講空虛之學，吾見其日從事於聖人而去之彌遠也。雖然，非愚之所敢言也。且以區區之見，私諸同志，而求起予。

（據《四部叢刊》本《亭林詩文集・亭林文集》卷三）

思想解放的鮮花
——讀楊牧《站起來，大伯！》

　　楊牧同志的詩《站起來，大伯！》（載《星星》1980 年第 1 期）是一首優美的政治抒情詩，它深刻的思想、熾熱的感情，鏗鏘有力的旋律使我沉思而激動不已，觸發了我「發自心靈的一聲深沉的歎息」。

　　當我們讀著這聲情並茂的詩行的時候，不能不被「大伯」這個似曾相識、生動真實的形象叩開記憶的大門，浮想起歷史的畫面：漫漫長夜的舊中國，「大伯」在「關帝廟」裏跪著，「南朝四百八十寺，多少樓臺煙雨中」；新中國的黎明，「大伯」在天安門前跪著，為眼前突現的光明「驚喜萬狀，以至惶惑」；文化大革命，「大伯」在「早請示，晚匯報」的「晨鐘暮鼓」中懺悔「罪過」，這些痛苦痙攣的畫面至今「還那樣陰鬱，發人思索」；為什麼文化大革命中上演的現代迷信的歷史悲劇竟與舊中國荒誕愚昧的求神忠君驚人地相似呢？《國際歌》唱了一百年了，早在一九四九年，毛主席就在天安門上宣佈「中國人民從此站起來了！」可是，為什麼在二十世紀六、七十年代還有那麼多「大伯」向自己的領袖真誠地「跪下去了」呢？如果我們暫時撇開林彪、「四人幫」的影響不說，那麼，剩下來的不就是「大伯」那種習慣跪著而不習慣站著的傳統痼疾麼？這是我們民族的弱點，是幾千年封建專制給人民的精神奴役的創傷——一種比「外傷」更加危險的、極易復發的「內傷」！它像「一條難以擺脫的禁錮的長蛇」，即使在經濟上已經挺直腰杆的時候，也還使人民思想上遭受著無形的制約。以至在文化大革命中重新彎下「挺直的腰杆」，「彷彿是一個被巫婆愚弄的可憐的『童兒』」。當著現代科學技術已經把人送上月

球，開始了把神話的世界開闢爲自己的生活領域的時候，新中國千千萬萬的「大伯」們卻回到了「跳神」「造神」的年代，這是多麼令人怵目驚心的歷史大倒退啊！但願這歷史的悲劇隨著「四人幫」的覆滅一去不復返吧！我們必須向患有習慣「跪下去」的痼疾的同志大喝一聲，「引起療救的主意」。《站起來，大伯！》就是這樣一個發聾振聵的吶喊，鼓舞人心的號角，這是眞正的詩。

然而，就是這樣一個今天看來如此清晰、明白的答案，卻是那麼慘重的代價換來的啊！雖然我們不能責怪當年長安街上的那位「民警」，但是，詩裏這個形象引起我們多少深思啊！在同「大伯」一道行進的二十多年中，「民警」們是永遠「來不及說些什麼」嗎？夫「來不及」者，「毫無準備」也。正是由於我們摧毀了封建制度以後，忽視了進一步解除這個制度強加給人民的精神枷鎖；正是因爲我們在勝利後只看到人民的「崇慕」與「忠誠」，而沒有看到這種感情的背後還拖著封建迷信的陰影，所以，積年累月都未能使我們的「大伯」從本質上理解革命，認識領袖、意識到自己的歷史地位和作用；所以，一旦林彪、「四人幫」把這痼疾誘發了、惡化了的時候，就又「來不及說些什麼」了——這難道不是從十年浩劫中應該汲取的一個沉痛的歷史教訓嗎？

是的，這正是詩的不盡之意、畫外之音，是它扣人心弦的地方。它是現實生活的泥土裏培育出來的思想解放的鮮花，是從詩人對祖國和人民一片赤誠的心底裏唱出來的時代精神之歌，這歌聲合著四個現代化建設跳動的脈搏，時而深沉悠揚，時而激越高亢，到處尋覓著知音，喚起民主革命補課的強烈願望。

（原載《星星詩刊》1980年第9期，副標題是此次收錄增加）

我愛山花的自然美
——讀《歌海浪花》

　　我像喜歡淳樸清新、富於自然美的山花一樣，喜歡發表在《廣西文藝》今年第二期「歌海浪花」中這組民歌。它來自劉三姐的故鄉，帶著廣西山山水水的印記，散發著南國特有的泥土馨香。它反映生活廣泛、直接、具體、明確，體現了我國民歌自《詩經》以來「饑者歌其食，勞者歌其事」的現實主義傳統，又具有鮮明的時代特色。

　　讀這些民歌，我們彷彿看到抒情主人公綻開的笑顏，看到打倒「四人幫」帶來的巨大喜悅，像雲水一樣在他們心中、在廣西的萬重山巒中激蕩；看到新長征的光輝前程使他們「天天出門愛唱歌」；看到黨的政策的春風使農村經濟起死回生，一片生機；看到戰鬥在四化戰線上的社會主義新人美好的內心世界；同時也看到了對生活裏醜惡事物的揭露。

　　可貴的是，這些嶄新的生活內容，是通過民歌渾然天成的美的形式得以生動體現的。讓我們看看《國家最愛這尾巴》這首民歌：「自留地裏長茶瓜，『資本主義』尾巴大。欄裏肥豬走不動，婆媳推車公公拉。半天推到食品站，推到磅秤五百八。收購同志哈哈笑：國家最愛這尾巴！」這裡描寫的是一個細小、平凡，卻是生動、風趣的農村生活小景，卻沒有概念和堆砌的詞藻，然而有思想、有激情，甚至其中的人物都聲態並作，加之用「尾巴」作比，上承茶瓜，頗具詩趣。這組民歌在表達內容、刻畫形象時，用了大量的、精巧貼切的比興。如用「養馬無欄馬亂闖，牧人無槍狼猖狂」，以顯示法制的重要性和必要性；用「梨子酸甜用口嘗，花兒香臭用鼻聞」來表達對實踐是檢

驗真理標準的理解等等，都給人以無可置疑的形象的說服力。在表現勞動人民對社會重大問題的認識上，通過這種我國人民喜聞樂見的比興手法，使本來容易流於說教的內容，增加了一定的形象感染力。

還應該指出，這組民歌，語言質樸無華，富有音樂感，這也加強了它的淳樸清新的藝術美。它謳歌黨的政策及其給農村帶來的巨大變化，謳歌新生活和純真的愛情，卻並不言必稱「偉大」，口必標「革命」，而只是一些「天然去雕飾」的口語。你聽：「連就連，不講工資多少錢，只要哥你要有出息，苦麻打湯妹講甜」（《苦麻打湯妹講甜》）。簡直是脫口而出，不像是「作」出來的。然而，誰能說這抵不上海盟山誓呢？它俗而不鄙，平處見奇，似口語，對仗押韻，讀來琅琅上口，給人一種和諧、迴環的音樂美。

粉碎「四人幫」以來，各種新詩都有了新發展，唯民歌似乎還未被足夠的注意和扶持。《廣西文藝》為民歌闢此一席之地，以悅讀者，雖嫌太少，卻可喜可賀。願更多更好的新民歌出世。

（原載《廣西文藝》1980 年第 11 期，副標題是此次收錄增加的）

阿 Q 典型小議

　　魯迅先生塑造的阿 Q 是個什麼典型？歷來說法不一。諸如「農民的典型」「落後農民的典型」「剝削階級的後裔」「精神勝利法的典型」等等，都是較有代表性的觀點。

　　其實，觀點的不同首先是觀察事物的出發點不同。一般讀者看阿 Q，雖然少不了要弄清楚他是住在未莊土穀祠裏的流氓雇農，然而於此大概也不甚注意，只是覺得魯迅先生寫活了一個人，這個人可笑、可憐，又有點可惡，在現實生活中常常看到他的影子，各種不同的讀者都可以從他身上得到不同的印象和啓示。但是，我以為無論哪一位讀者的心目中，阿 Q 也絕不是哪一個階級的典型或某一思想的化身。

　　當然，我並不反對對文學典型作階級分析。對阿 Q 典型的分析中正確地闡明阿 Q 的階級地位是應該的，也是可能的。但是，我認為不應該僅僅從階級地位出發，用阿 Q 所屬的階級性概括阿 Q 這個典型性格。

　　這首先是一件很困難的事情。眾所周知，說阿 Q 是「農民典型」的同志，因阿 Q 的卑鄙情操而難堪，只好把阿 Q 的壞毛病都歸之於剝削階級的影響和毒害，然而中國的農民在當時的整個精神面貌並未如阿 Q 一般被扭曲，所以阿 Q 作「農民的典型」似乎不夠資格；把阿 Q 說成是「落後農民的典型」嗎？這似乎較易為讀者接受，因為即使農民讀者也不甘自己為「落後農民」，阿 Q 自然與他沒多大干係。但是，作為農民的一個階層，他的落後性可以表現為「精神勝利法」，但主要的恐怕應該是它的「不想革命」「害怕革命」的保守性，把一個小偷加流氓無賴的阿 Q 作為典型加之於這個階層，恐怕也有些不公正；認定阿 Q 是「剝削階級後裔」的同志，大概會因為阿 Q 又「真能做」

而使自己的推論陷入困境；至於把阿 Q 當成「精神勝利法的典型」，那麼這個典型就成了觀念的化身，「國民性弱點」的「單純的傳聲筒」了。這種種說法，都使評論者們或者爲了維護農民的尊嚴而投鼠忌器，或者爲了顯示作品對「國民性弱點」的批判深刻而不得不把阿 Q 置於世人皆曰可殺的地位。這用心固然都是可以理解的，只是阿 Q 人形象卻越來越顯得神秘了。

其實，阿 Q 並不神秘，只是許多評論者們看問題的方法不對。他們習慣於只從階級出發看人看事，用階級分析代替對藝術形象的分析，用「對號入座」「貼標籤」的方法解決複雜的文學典型問題，以爲只要爲文學典型劃定階級成分，然後把典型的思想性格特點一部分歸之於本階級固有的，一部分歸之於別階級影響的，就大體算完了。或者還有的人只用人物形象的某一突出的性格特徵概括人物的典型性。這雖然不是「貼階級標籤」了，但這仍然是一種「貼標籤」——貼思想標籤。在阿 Q 典型的評論中，這兩種「貼標籤」的批評方法都嚴重地存在著。它們給這一評論造成了很多混亂。

對文學典型的評論與我們生活中看人是有很多相似之處的。在政治上，我們用人有個「階級路線」，但它的核心仍然是「重在表現」，「唯成分論」是不足取的。對文學典型的分析也是這樣，僅以「成分」定典型絕不是科學的靠得住的方法。因爲人不僅有階級性（包括個人本階級的特性與受別一階級的影響而具有的某些特性），還有各階級共通的人性，阿 Q 三十歲想娶老婆就是一例。同時，雖然人的性格會有某一點很突出，但這突出的一點如果不與人物性格的其他方面相聯繫也就無法存在。譬如阿 Q 的「精神勝利法」總是與他性格上的愚昧相聯繫而存在的。顯然，只用階級或主要性格特徵概括典型人物是不正確的分析方法。在日常生活中，無論誰也不會把人當作階級的或某一思想性格的化身或寄殖者的，我們總是把人看作一個與任何人都有某種相通之處，但絕不等同於任何一個其他人的具體的活生生的人。對於文學典型更是這樣。黑格爾的論述是極其精彩的：

> 每一個人都是一個整體，本身就是一個世界。每一個人都是一個完滿的有生氣的人，而不是某種孤立的性格特徵的寓言似的抽象品。

阿 Q 正是這樣一個人。他是血肉豐滿的「這一個」：「這一個」流氓雇農，「這一個」小偷，「這一個」妄自尊大而又容易自輕自賤的人……總之，在「未莊」這個典型環境裏，人所具有的他都具有。我們可以從不同角度說明他，

但無論從哪一角度都不可能說明阿 Q 的全部。阿 Q 又不同於任何人，他按照自己的邏輯走完了人生的道路，既不同於小 D、王胡，也不同於假洋鬼子，更不同於《三國演義》的諸葛亮、《紅與黑》的于連。因此，我們一方面必須承認阿 Q 是「一個完滿的有生氣的人」，不能把他當成「某種孤立的性格特徵的寓言似的抽象品」，在這個意義上我們無法用一兩句抽象概括的語言說明他。他的典型性首先表現在他性格的豐富性；另一方面，我們應當研究他性格的主要特徵，包括階級的、思想的特徵，這是一些貫穿他全部性格發展的始終並起著支配作用的東西，是他性格中突出的東西。沒有這些東西，阿 Q 也不可能是典型的。我們可以用簡潔的語言說明這些突出的特徵，但不能以此作為對阿 Q 典型性的概括。否則，就是一種「貼標籤」的方法。阿 Q 典型就其全貌，即是「這一個」，他與作品同在，與他的音容笑貌、行為舉止、七情六欲同在，是一個「有生命的顯出特徵的整體」（歌德語）。作為阿 Q 的特徵，主要是「精神勝利法」「流氓雇農」等的說法應該是較為符合實際，也是為多數論者所公認的，這裡就不多說了。

一九八一年一月九日

附批語：

林志浩教授批語：

你的意思是可取的，但有的說法有片面性。比如，這一頁上所劃的一句話就是一例。你說可以用簡明的語言說明人物突出的特徵，難道就不能用簡明的語言說明人物的典型性嗎？

及格

一九八一年三月十三日

（此篇為大學期間選修課《魯迅研究》的作業，文後為任課老師現代文學史家、魯迅研究專家林志浩教授批語。批發作業由吳方兄轉交，並轉達林老師說有空還找我談談。但我沒能主動請教，林老師也沒有找我，就失去了一次寶貴的聆教機會。今林老師及吳方兄都歸道山多年，謹存先生手澤以誌深切感念。）

于連典型淺析——對《歐洲文學史》評價《紅與黑》的一點質疑

　　由楊周翰先生等主編的《歐洲文學史》是外國文學研究中一部有重要價值的著作。它繼承了前人的許多優秀成果，在某些方面亦有創見，但不可避免地也因襲了過去研究中的一些習慣性的偏見，對法國十九世紀優秀現實主義代表作《紅與黑》中于連形象的評價就是突出的一例。《歐洲文學史》在對于連作了一些不確切的空洞指責之後，斷言：

> 「司湯達從自己的階級立場和世界觀出發，對于連的個人主義野心、利己主義和爲個人而奮鬥的行爲，作了肯定的描繪。最後法庭上的一段更把于連渲染成一個反對統治階級的英雄。實際上于連的一生是資產階級個人主義野心家一生，于連在法庭上的發言是個人野心未遂的怨恨的發泄。于連的死也是個人主義野心家失敗後悲觀絕望的必然結果。」

　　應當指出，對於于連形象的評價中的上述觀點，是打倒「四人幫」以前極爲流行的非常「革命」的觀點。打倒「四人幫」以後，這一問題也未來得及予以討論。所以，《歐洲文學史》沿用這一觀點是不足怪的。筆者所以從這部書出發，對于連形象評價中的習慣性偏見提出質疑，一是因爲它作爲一部較好的文學史著作容易發生的影響，二是因爲至今涉及此一問題的著作或文章中，它是沿襲這一習慣性偏見最完整而無保留的一個。

　　毫無疑問，于連是《紅與黑》這部巨著全部描寫的集中點，作者司湯達正是通過于連一生想「幹一番大事業」而不能，最後爲統治階級送上斷頭臺

的悲慘命運，對王政復辟時期的黑暗現實作了強烈的控訴和揭露。對于連形象的評價直接關係到對《紅與黑》主要價值的肯定與否。而《歐洲文學史》認爲，司湯達是肯定了「于連的個人主義野心、利己主義和爲個人而奮鬥的行爲」，更「把于連渲染成一個反對統治階級的英雄」，意即作者讚揚了于連醜惡的靈魂，美化了于連，歪曲了作品主人公的性格，他在他的主人公的描繪上不是現實主義的。那麼，《紅與黑》作爲「法國批判現實主義第一部成熟的作品」（《歐洲文學史》）不是大成問題了嗎？

當然，問題還不在於《歐洲文學史》中上述自相矛盾的地方，而在於于連是不是一個「資產階級個人主義野心家」，怎樣看待他的「個人主義」「野心」和「個人奮鬥」等等。在過去的幾十年中，我們「一分爲二」的花樣固然像玩具一樣多，然而從沒有人對上述幾個概念作過「一分爲二」，更沒有把它們放到一定的歷史階段去考察。似乎有關個人的，不用說「主義」「野心」，無論什麼都不齒於無產階級。于連講「個人」，有著「創立名譽的神聖熱情」，而且本又是個小資產階級，當然爲我們的評論家所不容，他的死是「必然結果」。如果說一八三〇的哇列諾必欲置于連於死地，還是因爲于連「給他們指出了爲了他們政治上的利益，他們應該怎樣做」，那麼一百多年後的我們，還要爲于連之死而稱快，就有些不可理解了。「人皆曰可殺」，于連的命運實在夠苦了。

不錯，于連是個人主義者，而且個人主義的核心就是爲自己，它不是我們今天提倡的道德準則。然而，個人主義並非生來就不道德。資產階級個人主義——個性解放的旗幟，曾經對扼殺人性的宗教禁欲主義的嚮往來世、憧憬天國的彌天大謊進行了巨大的衝擊；對個人價值的肯定，對現世幸福的追求，鼓舞了歐洲一代人粉碎封建統治的偉大鬥爭。這些鬥爭在思想上的巨人就是于連所崇拜的盧梭、伏爾泰等。而在政治上、經濟上推動了這一鬥爭的巨人，則是于連所崇拜的拿破侖。可以說，個人主義作爲對宗教神學和封建專制的反叛，在當時是起了一定進步作用的。在當時的歷史條件下，具有相對的真理性，包含了某些合理的因素。這就是它的重視個人的價值，肯定個人對自由的追求。在這個意義上，它體現了從禁欲主義桎梏下解放出來的人性的一個方面。即使在今天，也是不容否認的。「四人幫」讕言個人，抹殺個性，使得萬馬齊喑，扼殺個人的，同時也就扼殺了集體的生氣勃勃的創造精神。在上演這類封建專制、現代迷信的歷史悲劇時，于連再度被視爲十惡不赦的個人主義者而被株連，倒是真正的「必然結果」了。

　　當然，作爲一個整體，個人主義在今天是應該受到批判的。但是，今天的批判不能否認它在歷史上一定階段所起過的某些進步作用。而且，這種批判不應當是洗澡水加孩子一齊潑出去。特別是當涉及到具體的人，如文學形象的個人主義時，更要歷史地、具體地分析，不要談虎色變，視作洪水猛獸。至於于連，正如作者談到他這部巨著時所說：「……他所以自私自利是因爲他很柔弱，因爲一切生物，從昆蟲到英雄人物，第一條原則就是保護自己。」我不敢苟同於司湯達從進化論的觀點解釋于連的個人主義，但我們只要能爲于連設身處地想一想，想想那座「有利可圖」爲唯一信條的維立葉爾小城，想想搥在于連瘦弱身軀上的老索黑爾的拳頭、兄長的冷眼……想想一個人總得要活下去，你就不得不認爲司湯達的表述是說中了一部分眞理。他「要活，要報仇，要伸冤」，對於這樣一個弱者，難道不是很正常的嗎？

　　固然，他沒有走上革命的道路，與某些批評家美妙的幻想不同，那時無產階級還沒有從自在的階級走上自爲的階級，馬克思主義還沒有出現；去尋資產階級的共和主義者嗎？可憐得很，于連的自由充其量是偷著讀一點他「最心愛的書」，然而恰恰是這些書引起了可憎的「野心」，他居然要同他周圍的人，包括貴族和大資產階級爭平等，他居然意識到憑自己的聰明才智，穿「紅」可以做拿破侖，穿「黑」可以成爲年俸十萬的大主教。且不論于連是否能當此任，單是于連這點想改變自己屈辱地位、不甘使自己的才華埋沒於世的進取精神，就使他的形象染上了反抗者的光彩。如果我們把于連與德瑞那市長、哇列諾、德‧拉林爾及一班貴族紈絝子弟稍加比較，客觀地說，于連做個將軍並不過分。而且，達到這一目標，于連最初所想像的是憑自己立功戰場的業績，這途徑也應無可非議，在當時不失爲嚴肅正當的。如果我們以爲他那「創立名譽的神聖熱情」是如此一個窮小子不該有的，如果我們篤信「龍生龍，鳳生鳳，老鼠的兒子打地洞」的血統論，把于連這一腔熱望視爲「野心」，也就無話可說。然而那絕不是無產階級的標準，即使拿破侖也並未因緣拉出身鞋匠而不任用爲元帥。

　　歷史發展到十九世紀初，資產階級平民勇敢地奪取生活中的地位，取得國家和社會中的權力，已經是一種必然的趨勢。于連雖然沒有自覺地意識到這一歷史的要求，但在客觀上，他這種大膽的熱望是順應歷史的要求的。在他個人的「向上爬」中包含著某種普遍的歷史合理性成分，但對於波旁王朝的貴族大資產階級說來，這卻是「野心」。只是起初「這些傻子不但沒有想到，

甚至都快哭出來了」。而我們的評論家則輕而易舉地發現了：于連要麼去街壘作戰（可惜當時還沒有），要麼跟著福格去做生意。除此以外對自己理想的追求都是「野心」。然而，這無論如何是一個被拿破崙和盧梭、伏爾泰所激動起來的不安分的平民青年所不可能接受的。「在同樣的年紀裏，拿破崙已經幹了很偉大的事業了」，無論遭遇如何坎坷，他「寧願冒九死一生的危險，也得發財」。一個生不得逢其時的人，為爭得自己社會上的一席地位所作的抗爭，總是帶有他所屬階級的色彩，理應放在當時的歷史條件下有分析地予以某些肯定。于連這種「野心」就是他所屬的平民階級爭取自己解放的曲折的反映。這一點，甚至貴族小姐木爾小姐也已看得出來了，說他不是「狼（革命者）」，是「狼的影子」。

無疑地，于連如果生當拿破崙時期，他未必不成為將軍，而且也必不為人所指責為「野心家」。只是于連混跡於「富貴人所謂的高等社會裏」，以取得他日夜想望的功名、權位，這種「不擇手段」也就成為他被指為「野心家」的一條罪狀了。

其實于連也並非不想堂堂正正地去實現自己的理想。他崇拜拿破崙，很大程度上就是認為拿破崙能提供他一類青年堂堂正正地取得自己社會地位的條件。但是，波旁王朝的復辟把于連所理想的這一道路堵死了。而于連又不甘心做個弱者，於是只好另謀出路，像磐石下的小草一樣曲折地生長。它的體形固然是彎曲的，但在小草來說，畢竟是頂住了磐石的壓制，活下來，長出去了。如果不是磐石，而還要看到一類小草的話，誰也不會埋怨這棵小草「不擇手段」。于連正是這小草。他不得不掩飾崇拜拿破崙的心靈，不得不壓抑他對周圍敵人的卑視，不得不裝成篤信宗教的聖徒……只要無損於他「個人的尊嚴」，只要能改變他平民屈辱低下的地位，一切可能的他都做了。甚至為他小生產者的盲目性所鬱閉，竟陷入王朝的政治陰謀中。這些，作者也並沒有一味加以頌揚。司湯達在談到于連時，把他歸入了「刻畫得很真實而並不可愛的人物」。他讓于連時時譴責自己的「自私」「虛偽」，他又寫出促使于連不得不這樣做的動機和環境，處處都表現了驚人的真實。在于連和貴族統治階級之間，司湯達顯然是他的同情寄託在于連身上。他理所當然地不能讚美貴族階級，但他也並未像《歐洲文學史》所批評的美化了于連的缺點。相反，他竭力客觀地顯示了于連性格上的弱點、缺點，儘管並不那麼深刻、周全。

至於于連死的有些慷慨悲壯，也並非是作者主觀上故意渲染成的，而是于連始終保持的對腐朽沒落的貴族階級的高傲性格公開顯現的必然歸宿。在

與「上流社會」的搏鬥中，他是一個失敗者。但是，當任何苟且的手段都不能使他既保持自己平民的尊嚴而又能取得榮譽和地位時，他從個人奮鬥退回到原來的起點上來。但他又找不到別的出路，於是他想起一生崇拜的丹東「在斷頭臺下……丹東曾經使一個充滿花花公子的國家堅強起來，而阻止了敵人來到巴黎」。於是，他拒絕上訴，以他的死，表示了對那個前程渺茫的卑鄙時代的抗議。如果說他一生鑽營的手段並非光彩，那麼他的死使這一切不光彩的東西都成為他性格中次要的和從屬、表面的東西。他是精神上的勝利者，是一個經過種種曲折和迷途，而開始走上真正反抗道路的強者的形象。

「不自由，毋寧死。」這在于連並非不可思議。同時，于連的血正是灑在通向自由的大道起點。波旁王朝對人的自由意志的扼殺，成為「七月革命」的催化劑。于連沒有隨波旁王朝的覆滅死去，而死在波旁王朝的屠刀下，使他洗盡環境所加給他的污穢，而保持了一個有強烈進取心的小資產階級平民形象。這是于連不幸中之大幸。相反，如果于連答應通過上訴等屈辱手段得免死的話，倒是與于連一貫的性格不相符合了，而且就更是一個悲劇了。

總之，于連是一個有強烈進取心的小資產階級平民的形象。雖然他絕沒有想到革命，也並沒有走上革命的道路，在當時的社會條件下算不上一個革命者，但我們也不能同意簡單化地把他作為資產階級個人野心家進行鞭撻。他去欺騙的是那個時代最反動的階級而不是人民，他不是從人民手中竊取權力、地位、榮譽，而是向無理地阻擋他進取的封建貴族和大資產階級奪取自己應得的一切。他主觀上雖然輕視人民群眾，但他並沒有把人民群眾當成自己的敵人。直到入獄以後，還託西朗神父把五百法郎散給維立葉爾城的貧窮的人們。我們有理由認為他是一個政治上的糊塗蟲，但無論是感情上還是理智上，都不能把他看作資產階級個人野心家。《歐洲文學史》所持的這種習慣性偏見實在是於古人太苛刻了。

1981 年 1 月 5 日

附批語：

茅於美教授批語：

觀點鮮明，論述步步深入。

81 年 1 月 11 日

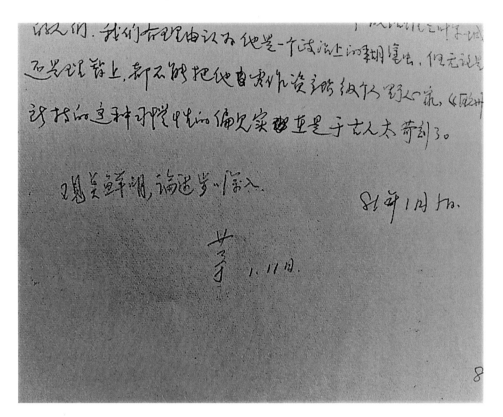

（本篇爲大學期間《外國文學》課作業，任課老師著名比較文
學家、詞人茅於美教授已經作古，謹存先生手澤以誌深切感念）

我看「朦朧詩」

　　霧裏看花，隔簾望人，月下觀樹，都給人一種朦朧的感覺。人、花、樹都因這朦朧而別增一番風韻。──這就是「朦朧美」。大自然中、生活中有這種美，詩也就可以有這種美。這一種藝術風格，不是天上掉下來的，西風刮了來的，而是在中國的大地上、詩壇裏自然產生出來的：

> 那是十多年前，
>
> 我沿著紅色大街奔跑。
>
> 我跑到了郊外的荒野上歡叫，
>
> 後來，
>
> 我的鑰匙丟了……

　　　　　　　　　　　　　　　（梁小斌《中國，我的鑰匙丟了》）

　　「十年浩劫」，毀了一代人的金色童年，毀滅了他們心中最神聖的信仰。嚴酷的現實使輕信和盲從的頭腦裏升起一連串問號，一向自以為那麼清晰明白的現實，突然變得模糊了，生活的路──

> 小巷，又彎又長，
>
> 沒有門，
>
> 沒有窗，
>
> 你拿著把舊鑰匙，
>
> 敲著厚厚的牆。

　　　　　　　　　　　　　　　　　　　（顧城《小巷》）

　　像潘曉一樣，他常常感到「人生的路越走越窄」。然而作為一個人，他憎惡現實中的醜惡，不甘隨波逐流，而又未能明確地找到自己的出路，於是他

們苦悶彷徨，眼前一片朦朧。

　　時代造就了這樣一代人，朦朧的生活產生了朦朧的詩。而且只要生活中有朦朧，詩又能抒真情的話，「朦朧詩」是永遠都會有的。在生活的路上，在認識真理的過程中，我們會有很清醒明白的時候，但更多的時候，我們總感到一點朦朧，它難以把握，不完全確定。詩不像科學那樣要去掉朦朧，而是以形象整個地反映生活。因而，詩的形象常常使人感到有點朦朧的。除了標語口號式真正一看就懂、人人能懂的詩是極少的。在這個意義上，朦朧與含蓄有種相近。朦朧不是「古怪」，是詩的規律性表現。

　　朦朧詩的內容看起來朦朧，但未必真朦朧。它使讀者朦朧地感到一種東西確實存在，這就反映了真實：

> 你，
> 一會看我，
> 一會看雲。
> 我覺得，
> 你看我時很遠，
> 看雲時很近。

（顧城《遠和近》）

　　這首詩夠「朦朧」了。然而「此中有真意」，即「你」和「我」之間的距離——人與人之間的關係——居然比「你」和「雲」之間的距離還遠。這是多大的隔膜、多大的扭曲啊！它使我感到「孤獨」。「孤獨」自然是不宜欣賞的。但這確實是作者的真情實感，在生活中能找到根據，而且用詩表達得貼切、自然。也許別一個作者會用別一種方法表達，顧城卻用了這個「朦朧體」。這是他的自由，他的詩的個性。乍讀這樣的詩，不會一下就懂。沒有這一生活感受的人，就更不易懂。但只要全面地瞭解詩的形象，透過朦朧，就頓顯開朗，得到「柳暗花明又一村」的喜悅。這種喜悅是讀一些「太明白」的詩所不可得的。而且有些「太明白」的詩並非真正明白，五八年的「大躍進」詩「紅旗飄飄」「戰鼓咚咚」的作者們自信是很明白的，然而那不正是至今令人遺憾的糊塗詩麼？

　　「朦朧詩」在內容上確也有朦朧之處，但那與含混不能混為一談。含混是整體的紊亂，朦朧是大體輪廓的清楚，細節上的不易捉摸。這不但不是壞處，相反卻留給了讀者想像的餘地。這並非中國今日「朦朧詩」所獨有的特

點。莎士比亞的名劇《哈姆雷特》不就是「有一千個讀者，就有一千個哈姆雷特」麼？為什麼詩就不可以有些不確定的東西呢？

除了內容，「朦朧詩」在語言形式上也與不少人的欣賞習慣格格不入。誠然，「朦朧詩」的形象的特點，它的跳躍性、連續性、統一性、準確性都與傳統的詩歌有很大不同。如：

　　　鳥兒在疾風中，

　　　迅速轉向⋯⋯

（顧城《弧線》）

就詩直接的敘事中從鳥兒、少年等事物尋求聯繫，是一下子找不到的。一般讀者以為這是無端的跳躍、是晦澀、是對傳統的完全背離，也是可以諒解的。但是，如果換個角度理解，從他們行為中，從「轉向」「揀拾一枚分幣」「延伸觸絲」之中，我們可以找到詩的形象的連續性、統一性，那就是它們都形成了一道「弧線」。為了生活下去，它們不得不使自己的身軀有時彎下去，因而形象對於思想又具有了生動的準確性。這不是事物簡單的類比，而是事物特徵的某一部分相似。空間的順序不是直觀的，而是內在的。

也許目前能作這樣理解的讀者還不會多，大家都習慣於按現實生活中時間、空間的直觀順序，即「生活的本來面目」去想像。不願意或不敢想到會有另外一種方式去理解詩。他們以為「反映」客觀的思維方式是一成不變的，因而詩的語言形式也應該是一成不變的，怎樣跳躍、連續、統一都有一個固定的程序。超出程序，出了「朦朧詩」就本能地以為是讓人「讀不懂」。這實際上是藝術想像上貧乏和僵化的結果，是審美能力的局限。

這種局限只有在對新形式的正視和研究中才能打破。如果以為有人「讀不懂」就廢止某種形式，那麼新的形式就永遠不會出現。新的東西一開始總會有人不懂的，即使多少年過去了，也還會有人不懂。中國有多少人懂音樂？懂舞蹈？懂唐詩？都不過是或大或小的一部分人罷了。朦朧詩也是這樣。它不必期望人人都懂而且喜歡，人們盡可以自由地去讀自己喜歡的詩。朦朧詩可以而且已經找到了屬於它的讀者。如果一定要以懂不懂為一個價值標準的話，我們可以說「朦朧詩」也已被證明有它自己的價值。一方面至今還沒有人舉出一首「完全讀不懂」的「朦朧詩」來，另一方面朦朧詩」是你不懂他懂，今天不懂明天懂，並非是「沒有謎底的謎」。

強烈地表現自我，重主觀感情的抒發，這是「朦朧詩」的一個突出特點。

它著眼點在人。而人是世界的中心。它反映的不是世界是什麼，而是我覺得世界是什麼，表現世界是為了表現我，表現人的存在和價值：

> 天是灰色的，
>
> 路是灰色的，
>
> 樓是灰色的，
>
> 雨是灰色的……

這是顧城眼裏的世界。這灰色是他感情的色彩，是對現實的看法，表示了對醜惡的厭棄，是極度誇張的。按照傳統的理論，這是表現「小我」，是不會受到贊許的。但我們的詩人只要不是異己的，「小我」中就自有「大我」在，詩人寫了「小我」，就有了自己的個性，或多或少地藝術地反映了「大我」。而如果只要「大我」，不要「小我」，則無異於殺雞取蛋，只能造出一些千篇一律的玩藝來，真正的藝術也就沒有了。

　　當然，「朦朧詩」作為一種風格也不是十全十美、可以避免一切流弊的，過分地「朦朧」就會給人以晦澀的感覺。萬物都有一個保持質的量的界限，刻意追求「朦朧」，以「朦朧」為詩的美之極致，就會走向反面，過猶不及。別的藝術風格也是這樣。有一首詩寫下了「紊亂的氣流經過了發酵」的句子，也許能勉強解釋出什麼，但總是帶點刻意追求的做作痕跡。在肯定朦朧詩是一種創新的前提下，指出這種不健康的現象也是必要的、有益的。但不能以這個別的失敗的探索否定朦朧詩在思想和藝術上的成就和地位。朦朧詩在新的歷史條件下發生和發展是有它的合理性的，我們用不著預言它是否會成為新詩的主流和方向，但它的出現卻使得整個詩壇「失去了平靜」。而詩的藝術總是在不平靜中、在爭鳴和競賽中才能得到發展。

（1982 年）

中編　書序

《中國古代小說散論》自序

「序者，序典籍之所以作。」（宋王應麟《辭學指南》）本書不是什麼典籍，卻也有個「之所以作」的問題，不過平淡而已。即使如此，讀者開卷就知道它的由來和大概，也是一個小小的方便，所以仍願略綴數語。

我能有這本《中國古代小說散論》，是十年來這方面研究的結果；而我走向研究中國古代小說的道路，就有些小說的意味。我生在農村，自幼唯知「紮根農村」。然而，「文學是人學」，我這個農家子弟也喜歡文學。只是那時的農村一窮二白，找不到多少文學書讀；後來「文革」，學上不成了；回鄉十年，大幹苦幹，漸至只覺「工分工分，社員的命根」，將不知文學為何物。「下鄉」有「回城」的指望，「回鄉」知青的命運卻專在一個「回」字──本是農民，便無話可說。所以，恢復高考，去當時的公社機關填報志願，我依著農民的本分，第一自願報了一個農類專業。可是出門遇上我中學的老師孫文第先生──他當時出差來我們公社機關。十年未見，我把考學和報志願的情況說了，他很高興，繼而若有所思地說：「你不是喜歡文學嗎？還是學文學吧。」的確如此，只是這一願望早經壓抑至昏昏然，孫老師的話又把它喚醒了。記得當時我如大夢方覺，旋踵回去，改報了中國人民大學語文系文學專業。這一幕是那樣偶然。生活的偶然是小說家最好的老師，這一次成了我做小說研究的老師。

我們的文學專業側重文藝理論，大學三年級做學年論文，我選了「文學是人學」的題目。寫完後老師說不錯，又大著膽子寄給了曾因此被批倒多年的錢穀融先生，也得到了許多鼓勵（謝謝錢先生）。後來，我卻不能把這個題目做下去了。接著大學四年級，畢業論文選題，系裏請了《文學遺產》的兩

位專家做選題指導報告。一位是勞洪先生，一位是盧興基先生。當時正值欒星先生校注的《歧路燈》出版不久，頗受學術界注目，做報告的盧興基先生提到了這部書。我正苦於找不到替換那「文學是人學」的題目，便把它做了畢業論文選題。寫成後，幾經修改，發表於《文學遺產》，還因此被邀參加該刊舉辦的「青年作者座談會」。眼看要成爲古代小說研究的個中人了，不料畢業分配去了行政機關。一九八三年初，我爲了照顧家庭，從北京調回本省大學教書，原定是擔任馬列文論課程，離中國古代小說遙遠的很。又不料造化弄人，被改做古典文學教學，擔任元明清文學課程，從此與古代小說研究正式接上了頭。十年來教書、讀書、寫書，做的基本上只是這一件事。所以慚愧得很，許多人成了專家，是因爲自幼立志或者還有家學淵源；而我這不能成爲專家和至今無多成就，是因爲從來懵懂，身不由己，撞到這條路上來。記得當年棄政從教，從北京回到山東，家鄉一境輿論譁然，至於有傳說是因爲犯錯誤被斥逐的；我自知不配「謫降」的光榮，乃素平庸行其平庸，淡然置之。然而多少也引起我懷疑，是否研究《歧路燈》自己倒走上了「歧路」？而今十年過去，風風雨雨，年過不惑，再不願想到此事。講臺前學生來來去去，實在可見的，只有寫下幾本書和幾十篇文章。多乎哉？不多也。

十年來，我校注過《小豆棚》，寫成了《中國古代短篇小說史》和《李綠園與〈歧路燈〉》等幾本書。儘管都不能令人滿意，但是，從讀書到寫書，它們的先後出版還是使我感到過某種愉悅——板床柴竈，苜蓿闌干，把筆自喜，頗帶點「一個雞蛋的家當」的滑稽。然而，十年來，這一點趣味支持我在這條路上走下去。十年，生活發生了多麼巨大的變化啊！當年我們從學校走向社會，幾乎人人把學術看作最神聖的事業；而今教授旁騖者有之，作家「下海」者有之。撫今追昔，也曾有去日不可留、今日多煩憂之感。但是我總相信，國家現代化建設，不僅是物質的，同時是精神的。對於精神文明建設，我和許多師友從事的古代文學包括古代小說的研究，決不只是個人的飯碗，而有著不可替代的現實的社會意義。這只要看一看如今書業蕭條，而中國古典文學名著仍然暢銷的情景，就可以明白。因此，我們必須把冷板凳坐下去，努力做古人的知音，做今天讀者的朋友，用我們的研究成果，使古代「世界上已被知道和想到的最好的東西，爲大家所知道，從而創造出一個純正而新鮮的思想潮流」（阿諾德《當代批評的功能》，轉引自伍蠡甫等編《西方文論選》下冊第 81 頁）。只是在這方面，我所做的工作還太少了。因此，現在有

這樣一個機會，把拙作中國古代小說研究的文章結爲一集，奉獻給讀者，是一件使我高興的事，儘管它仍然不能令人滿意。

本書所收的文章，部分是發表過的，部分是近來新作。發表過的有的作了個別字句的訂正，大都沒做任何更動。隨著研究的發展，特別是新材料的發現，舊作涉及到的問題，有的在學術界已有了進一步的認識，是令人高興的。但是，對於推動這一進程，有關文章畢竟起過些微作用，所以還是收錄了。書中幾篇屬於宏觀或「中觀」研究的文章，側重在探討中國古代小說的民族特色和中國古代文化對小說的影響——涉及的問題較多。我比較著重說明的，一是中國古代小說起源於民間故事，發生在戰國，形成於漢代，發達於魏晉南北朝；二是文言小說與白話小說代興和相互補益的關係；三是界定「傳奇」小說的概念，認爲應指以傳記體主要寫人事之奇的作品，發生於漢，成熟於唐，進而提出文言小說的分類原則；四是強調儒學對中國古代小說的巨大規範作用，佛教對中國古代小說藝術的催化和滲透，等等。讀書不多，見聞不廣，未免疏陋；而上下馳騖，又未免推測之辭，讀者會意或取其一節可也。其他關於具體作家作品研究的文章，自信多一些實事求是，也一般未至於人云亦云。至於做到了什麼程度，是否就是發現抑或竟是謬誤，那就待專家讀者指教了。另外，這些文章大都是結合著教學和學術活動而作，內容不很集中，甚至個別說法前後略有出入，故題曰《中國古代小說散論》。但是「散論」也有個中心，那就是這些年來我在研究中注意中國歷史、文化和小說的關係問題，例如有幾篇文章共同涉及到明清易代的歷史變革在清代小說中的反映。最後，《說林抵掌錄》是我平日讀小說的札記，書末的三篇短文，是關於古代文論或現代中外小說的，算作附錄。

感謝從小學到大學教育過我的所有老師，沒有他們的教育，我不可能學會寫書；感謝《文學遺產》《齊魯學刊》《明清小說研究》等學術期刊，感謝盧興基先生，感謝學術界的師友！在我們共同耕耘的這塊土地上，他們給了我許多寶貴的指導和幫助。張稔穰教授撥冗賜序，山東文藝出版社領導給本書出版以支持和方便，謹此並誌謝忱！

謹以此書，獻給我已故的母親，願她安息！

（寧陽杜貴晨一九九三年十一月七日序於曲阜師範大學）

《古小說與文化沉思錄》自序

　　這是我近十幾年來寫下的一些文字的結集，大都關於中國古代小說與文化研究；大部分是發表過的，有的經轉載或摘介，有的至今還不時被愛我者提起，好像沒有完全「速朽」的樣子。其實，過去的就是過去了，有意義的是現在和將來。可是，人之患在有己，對於自己有過的東西，哪怕不值什麼，也不易做到絕無留戀。於是收在這裡，算作對逝去光陰的一點紀念，並不敢以為曾掛人齒頰就有何等的價值。

　　回想我寫這些東西，當時不能不自以為是，而過後常有不安；進一步想到，學術的發展也如大浪淘沙，能夠流傳的永久的東西甚少，而消失最快的是浮在水面的泡沫。因此，隨著歲月流逝，我越來越不敢妄想，更不敢討巧，僅就力所能及，做學術園地裏一鑱一鍬掘挖的工作，有獲則喜，初不計其大小多少也。多年來，從過去偶而「宏觀」的暢想，到現在幾乎總是就一個個具體問題思考和發表意見，雖然不夠「大氣」，卻一點點減少著我的不安。然而，中國古代小說和文化的遺存浩若煙海，我從哪裏拂及深水的珊瑚，曾否撿起幾枚算得上漂亮的貝殼？往日苦旅，已成煙雲；一編書僅餘，十餘年陳跡。陳跡雖在，恐怕只是暫存。本書的命運，如果怕說到虛無，則願是落紅春泥，也許竟是稭杆還田。

　　我是農村出來的，踏著知青回城的路上了大學，才漸漸知道種地之外，有所謂「學術」一回事，覺得神聖。後來輾轉走上此途，才知道搞研究「爬格子」，真正又叫做「筆耕」，並不比田間的勞碌有更多的輕鬆。我誠農人也，離不開一個「耕」字。然而戴月荷鋤，日求新穎，又何可不樂焉。更有幸十幾年來，大致風調雨順，誘惑雖多而干擾漸少，不關門也可以讀書；又常得

師友指授獎掖，故寒來暑往，能有草稿。當此結集之際，我衷心感謝二十年的安定和所有好心的人，把我些微的所得，看作這天人合一的賜予。

本集上編是關於中國古代小說與文化較爲宏觀的論述，下編是作家作品的研究，外編是若干詩文評論、讀書札記隨筆文字，多半只是個案的研究，不成體系，誠爲憾事。卻也因此有話則長，無話則短；又想到李漁說：「史貴能缺，……使如子言而求諸事皆備，一物不遺，則支離幫湊之病見，人將疑其可疑，而並疑其可信。是故良法不行於世，皆求全一念誤之也。」（《閒情偶寄·凡例》）這些話，眞可爲我的愚拙一妝門面。

本集有若干商榷性的文字，固然以大家名流，智者千慮，偶有所失，其實淺學如我則更常常出錯。這就需要批評。認眞的批評是學術研究前進的動力，也是對被批評者的關心和愛護。我有是書，我懷著感激的心情等待著讀者的指教。

（己卯冬十月十八日〔1999 年 11 月 25 日〕於曲阜）

《「三」與〈三國演義〉》自序

　　《三國演義》是我很喜歡的一部書，又是我教書的一個題目。所以，需要寫文章的時候，往往到這部書中找些話說，陸續發表，日久成帙。其中關於羅貫中是「東原」人的辯論和具體到「今山東東平、汶上、寧陽一帶」，《三國志通俗演義》作於「元泰定三年（1326）前後」，毛宗崗評改《三國演義》為「反清復明」及其對中國小說理論的貢獻等淺見，不同程度地受到學者們的注意。無論贊成或反對，對我都是鼓舞和鞭策。但是，我至今未能對這部書做系統深入的研究，反而近幾年只是對《三國演義》的「三」頗感興趣，陸續提出了「三復情節」「三極建構」等中國古代小說藝術的理論問題，進一步的思考還涉及「天人合一」「天道與人文」等中國古代文藝思想的淵源。《天道與人文》是未經發表的近作，執筆時的力不從心提醒著真正說清楚這類哲學與文學的問題，不是我所能勝任，但是，在《三國演義》研究之途有過一段跋涉之後，回到它第一個字所作的新思考，還是給我帶來一些愉快。今得結集，乃題曰「『三』與《三國演義》」。附錄《女人與黑店》等五篇，有三篇屬第一次發表，均學問中「適趣閑文」（《紅樓夢》中語）而已，用博讀者終卷一笑；而內容多關乎古代小說，也算是離題未遠。感謝為拙文發表提供過方便的師友！感謝尹龍元編審！尹先生與我一面之交，許以幫助本書出版，其看重和扶持學術的雅意，令我感動。桑哲君獨任辛勞，使這一結集能夠很快成書。這使我很高興，也使我不安。也許以後就能把這方面的研究做得更好一點，那就等以後吧！況且那部美國小說《飄》的結尾所說也很不錯：「不管怎麼說，明天就是另外一天了。」

（1999 年 12 月 18 日寧陽杜貴晨序於孔子故里）

《傳統文化與古典小說》自序

　　這本關於中國古典小說的論文選集，代表了本人近二十年來寫作此類文章的成績。大部分發表過，不少還經轉載、摘介或名家大作的雅重徵引；但也有數篇未曾與讀者見面。其中《論武大郎之死》一文，成稿後私下頗得讀者的好語，卻先後在幾家雜誌碰壁。這使我對它的信心有些動搖，因而懷疑那些好話是「假語村言」。現在有了選集出版的便利，「就將此蠢物夾帶於中，使他去經歷經歷」便了。

　　本書所收論文大都與傳統文化的思考相關。上編各篇側重傳統文化影響於古典小說縱向的若干線索的探討，題曰「流水篇」；下編諸文主要是從經史詩文入手的作家、作品散點的考論，題曰「落花輯」。這上、下編的取題有似醜女簪花，而實不過形容兩部分的論述有線與點或稍爲宏觀和具體的關係；另有一個牽強的理由是，此數十篇文章由「人間小說」的解讀到關於「擬天道以成人文」的考量，陸續寫成，隨我擲去一生最好時光。這一長年碌碌的結果，好像合了那個不幸做了皇帝的詞人李煜所寫「流水落花春去也，天上人間」的話。乃就此句中取上、下編之題，以記下這縹緲之思。然而，爲著讀者惠目能觀大略的方便，我還是高興而且感謝地接受了友人的建議，題書名作「傳統文化與古典小說」，儘管也知其實難副。

　　從傳統文化的角度，本書各篇討論的中心是我國古代小說的某些規律性或具體的問題。前者主要是提出了「三事話語」、「三復情節」「三極建構」「圓形框架」等中國古代小說敘事的概念，「佛教小說」「遊記小說」「家庭小說」等小說分類的命題，並論及古代小說起源「民間故事說」，「戰國萌芽說」，《莊子》「小說」有「故事」義，「傳奇體」與《史記》之「愛奇」若有關聯，齊

魯文化爲中國小說重要源頭等多方面的問題；後者考辨《三國志通俗演義》成書於元泰定三年（1326）前後，《水滸傳》之得名，《嬰寧》名義，《紅樓夢》「大旨談情」和女性崇拜，並論及《水滸傳》「三而一成」與《儒林外史》「三復情節」的藝術，《紅樓夢》《歧路燈》等若干名著的思想文化意義，等等。這些從傳統文化出發的古典小說研究，又同時是對傳統文化自身的說明。例如，有關「三極建構」的討論實際涉及到自然——人事——藝術都通於三角形原理，以及中國人處事「原理上是一分爲二，操作上是一分爲三」的民族傳統。

這些，筆者都力求本諸可靠資料，通過合乎邏輯的充分的論證加以說明。雖各種提法未必盡妥，結論未必盡信，但自認可備一說，至少與前人有所不同。我想，這不應該被理解爲自我感覺良好。相反，從學術史的角度看，筆者深知本書難說有幾句話能稱得上是眞正的發明。只不過這種讀書寫作的性質，就是要努力提出新說。新說往往不夠成熟和難免錯誤，但是，有新說出來才可能引起討論和批評，引出眞正的發明。否則，所謂研究也就成了原地的打轉，那不是人們所願意看到的。如上所述，本書有些好像是「新說」的東西。所以，還指望它的出版能成爲學者研究一般的參考，或者有拋磚引玉之效。另外，需要說明的是，由於各篇非一時寫成，選入又儘量保持原貌，只作了個別文字的訂正，內容上未免有失照應處，識者諒之。

選集的好處在便於翻檢。倘若這裡也有所謂「整體大於部分之和」的規律，使各篇相關聯的內容有所突出，以至本書有關於中國傳統文化與古典小說之間聯繫的整體風貌的一定程度的顯示，從而給讀者某種新的印象，那就更要感謝河北大學出版社爲弘揚學術出版本書、給選集諸文以進一步表現機會的厚意。當然，這個機會的前提是曾經發表本書文章的各報刊雜誌的支持。如果最早的文章就接連像《論武大郎之死》那樣如泥牛入海，我大概早就不幹這事了。卻好不斷有認眞負責的編輯先生給拙文以發表的機會或指教，才鼓舞我堅持到現在。我從心裏感謝他們。

這肯定不是很多人都要讀的書。但是，傳統文化與古典小說是中國人的精神家園，也早就向全世界開放了；現在和將來，有興徜徉其中者，即使不成群結隊，也當絡繹不絕。這是我輩「坐冷板凳」的動力，也是本書必將速朽卻還能問世的希望。「嚶其鳴矣，求其友聲。」願拙文選集後的重新入世不致太受冷落。倘若本書意外地不隨光陰迅速而很快無人問津，或者更好一點，

它的某些提法、概念爲學界所賞重採納，或者引來好心的批評，那就不僅是對於本人，對於河北大學出版社領導的關心和支持，以及責任編輯楊金花女士的辛勞，也會是一個鼓舞或安慰。不過，這很可能是多餘的話。

著名文學史家章培恒先生爲本書作序，謹致以衷心感謝！

（2001 年 6 月 20 日於河北大學）

《數理批評與小說考論》自序

　　這是拙著繼《傳統文化與古典小說》之後的又一本論集，收文主要是2001年下半年以來至今四年間所作，曾發表過的大都作了修訂補充，有的為重寫，有的是新稿初次發表。

　　全書各篇論題與寫作多與前集有關，而如書名所示，內容主要包括兩個方面：一是文學的「數理批評」，基本上是「杜撰」；二是以古典作品為主的「小說考論」，或質疑舊說，或提出並嘗試解決某個具體問題。儘管二者都主要是就小說著論，但前者偏於說文學普遍之理，後者重在論小說具體之事，故分為上、下兩編。

　　上編諸文於關文學「數理批評」的研究，接續前在山東曲阜師範大學任教時對「三復」情節等文學數理問題的思考，在先調河北大學、後又調山東師範大學至今的期間寫成，包括「文學數理批評」的立論與闡發，和主要是以《西遊記》為研究對象的應用的嘗試。這在總體上大概是一項前人沒有做過的研究工作，有沒有或有什麼樣的理論意義與學術價值，還有待時間的考驗。但是，近年來確有海內外學人，擇其以為可用者如「三復情節」等，用於古代或現代文學的研究，似表明我所謂「文學數理批評」尚有可取之處，從而有成立與發展的前景。然而筆者深知自己沒有這種理論創新的能力，即使偶而言有所中，也至多是提出了問題，而問題的深入討論與解決，則是一項需要更多學人共商共建的理論事業。因此彙編諸文作集中的展示，雖不乏敝帚自珍之意，但更多的是希望藉此引起學界同好的批評與探討，以促成「數理」與「形象」批評互補的文學理論與研究的模式。

　　下編諸文大都與上編各篇在同期寫成，內容則側重在古代小說作家、作

品具體問題的考論。內容往好處說是涉及較廣，但專家看來可能是雜，卻也有若干思考的重點，包括從《三國演義》一書的內、外證論羅貫中的著作權和羅為山東東平人，從常識和學理的角度「顛覆」百年來對《錄鬼簿續編》「羅貫中」條的誤用，從對舊有資料的進一步分析補證拙論《三國演義》成書於「元泰定三年」說，從藝術的情感標準與世界文學通例論「羅貫中《三國演義》是我國古代第一部文人創作的長篇小說」，從習見程晉芳《懷人詩》的考辨發現《儒林外史》的作者吳敬梓曾為塾師，而周進形象正有他本人的一點影子……，如此等等，雖千慮未必一得，但在這樣的思考中領略存在的孤獨，也是一種難得的快樂。

諸文陸續寫成於筆者輾轉齊魯、燕趙間教書之餘。近年來全國學術的發展特別是曲阜、保定、濟南三地高校師生的優良學風都給我以有益的影響，是值得紀念和感謝的！然而車輪滾滾，風塵僕僕，都不是什麼浪漫的事，更無補於文章。從而本書諸文，原不免多有疏漏，即使這次結集又作了修補，也一定還會有不妥、不足和錯誤之處，懇請讀者批評指正。

感謝袁世碩先生撥冗為本書作序！感謝馮其庸師為本書題寫書名！感謝齊魯書社宮曉衛社長、黃偉中主編等領導對本書出版的支持，感謝責編李軍宏女士所付出的辛勞，感謝多年來在諸文寫作、發表過程中遠近師友所給予的各種幫助！本書倘略有可取，當與各位分其微榮！

（二〇〇五年十二月八日寧陽杜貴晨於濟南歷下）

《紅樓夢人物百家言叢書・總序》

　　「文學是人學」，「紅學」當然也是「人學」。儘管「人學」並不等於「人物學」，但是，既然文學以人爲出發點、中心與歸宿，那麼就可以說，文學人物是「人學」最具本質意義的符號。所以，《紅樓夢》「問世傳奇」二百多年來，作爲清代「開談」必說的名著，近世古典文學研究最大的「熱點」，「紅學」與《紅樓夢》一般閱讀接受所關注的中心，一定並且從來就是她的人物。誇張一點說，大觀園內外的男男女女，哪一個不曾給人「似曾相識」的感觸，引發縈繞不去的思考！更不用說那寶（玉）、（寶）釵、黛（玉）、（熙）鳳、湘（雲）、晴（雯）、襲（人）等等膾炙人口的典型，曾經令多少人「枉自嗟呀」，或「空勞牽掛」，又或者激起「幾揮老拳」的論爭，「疑義相與析」的共賞！《紅樓夢》人物的誘惑，除了留下如樂鈞《耳食錄》所載癡女子「以讀《紅樓夢》而死」之類哀感頑豔的故事，更重要是「紅學」中形成了一門以《紅樓夢》人物爲研究對象的學問——《紅樓》人物學。二百多年來，其爲者之眾，論議之多，流傳之廣，影響之大，無疑爲「紅學」之最！

　　因此，在「文學是人學」的意義上，《紅樓》人物學是「紅學」的生命與核心。事實上二百餘年來，從脂硯齋、索隱派到舊、新「紅學」，以至改革開放以來新時期的「紅學」，無不有意無意圍繞《紅樓》人物而展開和深入，那些層出不窮之妙言高論、眞知灼見，就不必說了；即使所謂異端邪說、奇談怪論，其始倡又何嘗不是出於某種靈機？而從其曾經存在和「作者未必然，讀者何必不然」的接受可能來看，它們豈不同樣是《紅樓》人物學史上一個有機的成分？從廣闊的文化視野看，又何嘗不是傳統文化的一種積澱！——因爲那至少表示了持論者與我等一樣有愛《紅樓夢》之心，並同樣積極地參

與了「紅學」的研究，只是所見不同、所感受不同罷了！

因此，時至今日，──其實也包括將來──，每一個想走近或走進「紅學」的人，都會嚮往或者還應該瞭解、研究「紅學」史上這些有關人物的討論，考量那林林總總、是是非非的想法、念頭、觀點與認識，以之比照自己那些揮之不去的感觸與思考，或有「實獲我心」共鳴，或有聞所未聞的驚喜！而對於初入「紅學」之門者來說，非如此不能做到辨章學術，考鏡源流，站在前人的肩上，窮千里之目，望得更遠。然而，二百餘年「紅學」如潮，一浪高過一浪，《紅樓》人物學的大著宏文，短記零篇，妙語名言，又何其多也！初接觸者難免望洋興歎，而研究者欲「竭澤而漁」，也恐怕是「談何容易」。在這種情況下，有一套關於古今《紅學》人物論擷英的資料彙編，應該是一個方便！

因此，當顧青先生把彙編這一專題資料的想法告訴本人以後，「紅樓夢人物百家言叢書」的編纂計劃就開始醞釀。繼而有任明華、周遠斌、常金蓮、何紅梅、李正學諸君的先後加入，樊玉蘭責編的具體指導，這項工作就正式開展起來了。而光陰荏苒，彈指已接近兩年，至今各卷完成，回味其間甘苦，雖不能與自立一說或獨抒性靈的創作相提並論，然而，「追蹤躡跡」，把二百餘年來中外作者《紅樓》人物論的精要節選分類彙為一編，既提供讀者的方便，又略有補於為《紅樓》人物學家「昭傳」，也是一項辛苦而有意義的工作。但也因此使我們感到壓力，從而無論對於堪稱博大精深的《紅樓》人物學，還是這並無多少前人經驗可以借鑒的具體操作，我們始終抱以學習和探索的態度。

據朱一玄先生《紅樓夢人物譜》（百花文藝出版社，1986）載，按庚辰本和程乙本兩種版本分別統計，「庚辰本列男 306 人，女 296 人，共計 602 人；程乙本列男 368 人，女 302 人，共計 670 人」。從這些數字看，《紅樓夢》中兩性人物在數量上差不多就平等了。但是，《紅樓夢》為「閨閣昭傳」，遂使書中釵、黛等主要女性形象擁「諸豔之貫（冠）」寶玉並立於描寫的中心，所以，《紅樓夢》人物研究的天平實際上不可能不向女性傾斜。以單人論，「紅學」論著中除有關賈寶玉者最多之外，至少有關釵、黛、鳳等研究論著的數量，各都能抵得上其他所有男性人物研究的總和；即使晴雯、襲人、賈母等形象的研究論著數量各自遠不如釵、黛等，也都大過於書中寶玉之外的任何男性。因此，本叢書的設計，有關男性人物研究的，只單立《賈寶玉》卷，

另立《紅樓男性》；而有關女性人物研究的，則在《林黛玉》卷、《薛寶釵》卷、《王熙鳳》卷之外，另立《紅樓女性》（上、下冊），共6種7冊。我們希望藉此把歷史上有過的一切有關《紅樓夢》人物的重要論述、說法，無論是非曲直、嬉笑怒罵，只要是形諸文字而自成一說的，都盡可能選錄進來，並在各卷之末附錄有關論著的目錄和評論家索引。這是一套脂硯齋以來世代「紅學」家們論說《紅樓夢》人物的名語集，一部今人賞鑒、研究《紅樓》人物的入門書。其用在「乘一總萬」，使《紅樓》人物學史上百家之說打破時代、書刊、收藏者等時空的分隔，在最精要之點上成零距離接近，給嚮往或走進「紅學」的人們按圖索驥，信手拈來，事半功倍的方便。為此，我們最初確定了一些有關本書編纂的基本想法：

一是《紅樓》人物論雖歷時二百餘年，後先相繼，言人人殊，但從後世包括今天通觀而言，不啻是一次共時空的會話，只有獨標高格，至少是與眾不同的，才可能有歷史和學術的價值。所以，我們選錄的標準，不管是什麼人，只看其議論談說是否具有鮮明個性和特色。凡獨立特出自成一說者，即本「存在即合理」的原則，擇要錄入。但是，儘管「紅學」天下滔滔，如此完全獨創的內容仍然有限。從而向來《紅樓》人物論，大量只是對某一成說或補證、或引申、或修正、或批駁之辭，所謂有所發明、有所貢獻者；而且不必諱言，還有許多有意無意重複他人，甚至完全沒有內容的東西。為此，我們必須細心辨別哪些是空話、套話、無用的話，哪些才是前所未有、未至的觀點、論議或提法，以披沙揀金，去粗存精，節錄為本書的條文。

二是雖然通觀而言，可以視《紅樓》人物論為共時空的會話，但在事實上，每一具體問題的探討，每一說的提出、發展、修正或被否定、替代等，都有自己的歷史。因此，選編如何體現這一歷史的過程，即準確判斷和顯示某說誰為首創，後續依次有哪些人對該說作了諸如補證、引申之類的工作，都是我們應該注意解決的問題。為此，我們的做法是在確定有關某一人物的某一類（分類問題詳下）條文後，按條文所出自原作出版或發表時間的順序編排，時間不詳的則參考前人選錄、引用的情況為之確定在排序中的位置，以期盡可能正確反映有關研究的歷史發展過程。

三是作為一次共時空的會話，歷代《紅樓》人物論當然不乏專為一人從一面說的，但更多情況下是把《紅樓夢》中男男女女和一人的方方面面總說或聯繫、比較著說，從而選編中因為每卷只集中於一人、一人之下又再行分類，

必須把原作總說或聯繫、比較著說的文字「拆」開來，分置於各卷（人）各類，就需要細心體會論著原作者之意，節取恰好是關於此人此一面的論述，同時還要儘量使各卷之間能有所照應，以便橫向的通觀。

四是本叢書選錄資料的下限為 2004 年底，各卷之末都附錄了此前有關人物研究論著的索引和評論家索引。研究論著目錄所收錄的範圍，除該書引文的出處外，還包括相關的論文、專著及資料書。在編排上，以發表時間為序，每時間段又按雜誌論文、論著或資料書的相關章節、專著或資料書三種情況分別排列。這樣雖然未能把有關《紅樓》人物的論著都包括進來，但也大致接近全備了。評論家索引收錄本書條文之作者姓名，以原書（文）作者立目，以姓氏字母為序，姓名後羅列相關條文在本書中出現的頁碼。

另外還需要說明的是，為方便現代讀者我們將引文中顯明的錯別字和不符合現代漢語規範的用字進行了改動，同時將引文中出現的《紅樓夢》回目序數統一改為漢字數字。

我們在選編過程中努力貫徹這些想法，希望本叢書能提供關於《紅樓夢》全部重要人物研究的基本內容與信息，各卷能顯示有關某一或某類人物的各種成說與議論的要點及其變遷之跡，以幫助普通讀者比較方便地知道《紅樓》人物學史上有過哪些嚴重的分歧，精妙的見識，以及奇談怪說；幫助初學者比較方便地瞭解《紅樓》人物研究，進而把握整個「紅學」文本考證與義理闡釋發展的過程；至於對專家也還會有些用處的話，則大概可以作《紅樓》人物學史上「驀然回首」的便覽。

我們為叢書設定的這一目標，使選編者雖然仍不免「剪刀加漿糊」的嫌疑，但實際已變得不比普通的編著輕鬆多少。單是資料的搜求，編者們除了分別在所住濟南、上海、曲阜等地充分利用公、私藏書之外，還有幾位不得不於去年冬天，冒了嚴寒，去北京各大圖書館借閱摘抄。而叢書體例的確定與不斷調整，以及各卷的具體選編，也都曾頗費斟酌，幾乎每一卷都數易其稿，以求更加準確和切於實用。儘管如此，本書仍會有不當之處，特別是難免遺珠之憾，現在只有敬請讀者專家的批評，以便將來有機會時加以補正。

本叢書編纂首先要感謝古今《紅樓》人物學家，特別是入選本書的各位作者。他（她）們辛勤的勞動，是我們工作的基礎；其次要感謝北京、上海、濟南、曲阜等地的公私藏書家為我們提供方便；最後卻是最重要的，是要感謝顧青先生的選題策劃和對我們的信任！感謝責任編輯樊玉蘭女士的悉心指

導和多所賜正！而與各位編著者合作的愉快，在本人將會是一個美好的記憶！

（杜貴晨 2005 年 8 月 29 日序於泉城三易齋西窗）

《愛情文學叢書・中外情書英華》前言

　　世界上有情人也便有情話，有情話也便有情書。古往今來，情書是兩性交往互傾衷腸不可缺少的工具。

　　古人戀愛相思，睽別難晤之際，折簡寄情幾乎是唯一的選擇。即使今天社交公開、交通發達、電訊便利的時代，情書仍有不可替代的作用。兩情繾綣，或天各一方，電訊不便暢敘；或人爲阻隔，見面尤難；或彼此有意，對面羞於啓齒；或信誓旦旦，口說還嫌不足……，在這些情況下，情書乃成爲兩顆心靈溝通的最佳方式。它是愛的使者，通向婚姻並維繫夫妻感情的橋梁，一句話，是人類兩性愉悅和諧的福音。

　　古今卓越的人物有不少表示了他們對情書的重視。我國唐代大詩人李商隱的詩說：「蓬山此去無多路，青鳥殷勤爲探看。」（《無題・相見時難別亦難》）現代作家梁實秋在情書中說：「這信裏的話是應該向你當面說的，但是，……我的微弱的心禁不起強烈的悲哀的壓迫，我只好請紙筆代喉舌了。」郁達夫致王映霞的信中說：「這一封信，希望你保存著，可以作我們兩人這一次交遊的紀念。」法國十二世紀才女哀綠綺思寫給被迫分離的情人阿伯拉的信中說通信是她（他）們的「敵人所不能掠奪的一唯一的幸福。」偉大革命導師馬克思的夫人燕妮在致馬克思的信中則讚揚了情書最普遍的效用：「小天使，快來信，快，沒有你的信我簡直不能生存。」而白朗寧與巴萊特之間的情書不僅締造了兩位詩人的美滿婚姻，而且使多年纏綿病榻的巴萊特站立起來，恢復了健康，情書似乎創造了人類的奇蹟（以上引文及敘述均據本書所選各自情書）。

　　情書是生活中不可少的，也是每一個有文化的人都會寫的。一對青年男

女揚帆情海，少不得蕩起情書的雙槳。但划船的本領有高低，情書的成色有不同。有的情深意濃，沁人心脾，有的文雅風流，妙語連珠；但也有的淺薄粗俗，令人生厭；更多的情況則是辭不盡意，情有餘而文不足，起不到溝通和撫慰對方心靈的效應。寫情書是一門藝術。生活中不乏為寫好一紙情書絞盡腦汁的人，也有倩人捉刀代寫情書的趣事，甚至有因為一封寫得糟糕的情書產生誤解導致戀愛告吹的。可知情書人人會寫，寫得好並不容易。

好的情書是愛的得力可靠的使者，也是別具一格的優美的文學作品，中外文學史上都有「情書文學」之稱。情書文學因愛情而產生，是男女心底渴求異性的心聲，愛的情感的昇華，美妙無比的花朵，青春才智的結晶，在一切言情的作品中，往往是最真實、最普遍、最富於個性的。有的如火山噴發，光焰逼目；有的如潺潺溪流，曲折通幽；有的如秋風，有的如雲煙，有的揚揚灑灑，有的言簡意賅，或莊或諧，或怨或慕，形成了情書文學姹紫嫣紅的百花園。奉獻給讀者的這本小書就是從這園中採擷的一束盛開的花朵。

本書所選 100 人寫的 137 封情書，涉及古今中外多階層、多方面的許多著名人物及其各自不同形式不同程度的愛情，喜怒嬌嗔、悲歡怨艾、求告勸勉種種戀情，莫不略具一斑，雖情腸各異，成色有差，但大都有一定典型性，能從特定角度或側面給人以心智的啟發和感情的薰陶。讀者可以由此窺見古今中外相愛男女的心靈，諦聽那因隱秘而分外動人的或甜或苦的心聲，在比較中欣賞多彩多姿花樣翻新的情書文學世界，從而得到美感的享受，有的也可以成為初試寫作情書者的借鑒。對於歷史人物、社會風俗和文學藝術等諸方面研究者則是一點零星而有用的資料，特別在愛情婚姻和性心理的一定層次的研究上有可參考的價值。書中的鑒賞不是全面的評析，側重在每信特色的介紹，並嘗試作深一點的挖掘和縱橫的比較。由於選評者水平有限，本書肯定有不少不足之處，盼讀者給予認真的批評。

1989 年 4 月 27 日

（原載《愛情文學叢書·中外情書英華》，山東文藝出版社 1990 年版，署筆名成南蕭晨）

《愛情文學叢書・中外文學十大情癡》前言

    這本小書把中外古今名著所塑造的十個癡於愛情的文學形象彙在一起，頗有多事之嫌，但歐陽修的詞說「人生自是有情癡，此恨不關風與月」。推廣開來，也就不關於作家，更不關於這本小書的編寫者了。然而，我們還是要說幾句話。

    中外文學史上成功的作品絕不全因為描寫了足以引動人們心靈的愛情，但我們可以大膽地說，在所有成功之作中因愛情描寫特別是塑造了癡情的文學人物著稱的作品是最多的。曹雪芹伴著他的寶玉，托爾斯泰攙扶著安娜，歌德帶領著維特，小仲馬擁抱著心愛的瑪格麗特，⋯⋯無論什麼時候，什麼地方，作家與他所創造的愛情文學主角總常站在文學史的至高點和中心線上，當世往往引起轟動，後世更歷久不衰，贏得最廣泛的讀者，受到最熱情的讚揚，經受著最嚴格的評判。這些文學形象是作家創作的豐碑，是人類文化關於人性不可或缺的情愛的精神象徵。毫無疑問，對這些文學形象，每一個讀者都不會拒絕；相反，是閱讀和欣賞的極大樂趣。

    但是，當今世界，人們工作競爭，生活節奏加快，很難悠閒地遍讀活躍著這些謎一般人物的大著作，斷續地讀過也難得集中鮮明的印象。這些書的縮寫本或是有的，但人物也大致因書成比例地縮小了。為了使讀者能在盡可能短的時間內一睹這些卓越的癡男情女形象的全部風采，所謂「春風得意馬疾，一日看盡長安花」，我們編寫了這本《中外文學十大情癡》，自信能於普及中外名著起些微小的作用。

　　收在本書的十篇作品，基本上可以看作有關名著中某愛情主角的「傳記」，文字也主要是摘自原著，保持了原作的風貌，只在極個別的情況下作有必要的細節補充。這樣做是因為本書的編寫者們同廣大讀者一樣，都是這些名著的熱心的讀者，相信讀者會因對原著的興趣而移情於本書，如果朋友們能把這本小書作為親近和瞭解有關文學形象的捷徑，我們的目的也就達到了。

　　生活不能沒有愛情，但愛情並非生活的全部；文學是生活的教科書，但絕不是人生的教條。當我們把這本小書奉獻給讀者的時候，希望那些正墜入情網的男女朋友們不要把這「情癡」二字看淺了，書中每一個人物的癡情都有著特定豐富的社會內涵，並非單純為了狹隘的愛欲的。如果有誰恥笑或情不自已地機械模仿這些文學形象，那就不是原作者和本書編寫者們所敢贊同的了。

　　參加本書編寫的都是在大學執教的年輕同志，他們在教學和科研中對原著及所寫人物有較深入的把握，編寫中又付出了很大的努力，每篇作品實際上體現了編寫者對所寫人物的一定理解和認識，這是應該肯定和向讀者說明的。至於各篇風格不一併有這樣那樣的不足，除原著的制約及編寫者的情況外，還有筆者統稿水平的限制，盼讀者專家給予批評指正。

1989 年 4 月 27 日

（原載《愛情文學叢書・中外文學十大情癡》，山東文藝出版社 1990 年版，
署名韓冰）

《大宋中興通俗演義》校點前言

　　我國古代章回小說的編撰創作，自《三國演義》《水滸傳》出現以後曾有近二百年的沉寂。然後悄然而至，空谷足音，喚起章回小說復興的作品之一，就是明嘉靖年間問世的《大宋中興通俗演義》。

　　《大宋中興通俗演義》八卷，熊大木編撰；附《精忠錄後集》三卷，李春芳編輯。作者熊大木，福建建陽書林（今建陽縣書坊鄉）人。建陽有鼇峰山，熊氏「世居鼇峰之陽」，故稱「鼇峰熊氏」。「大木」當是他的字，名福鎮，號鍾谷，又號鍾谷子。嘉靖時人，生平事蹟不詳。余象斗《南北兩宋志傳序》稱他「建邑之博洽士也，博覽群書，涉獵諸史」，似無功名。明代建陽刻書業甚盛，熊氏爲刻書世家。今見嘉靖間新出的長篇說部約十種，單是熊大木所編撰的，就有本書和《唐書志傳通俗演義》《全漢志傳》《南北兩宋志傳》等四種。

　　據書前作者《序武穆王演義》中云：「《武穆王精忠錄》原有小說，未及於全文。今得浙之刊本，……因眷連楊子素號湧泉者，挾是書謁於愚曰：敢勞代吾演出辭話，……屢易日月，書已告成。」云云。是知作者應書坊之請，據原有《武穆王精忠錄》小說演爲此書。原題「武穆王演義」，刊刻易名爲《大宋中興通俗演義》。它所根據的《武穆王精忠錄》已佚。本書附錄卷二之《古今論述》有明代陳銓《重刊精忠錄序》，稱「武穆王之烈，載在史傳，雜出於稗官小說，而《精忠錄》一書，則萃百家之言而備之者也。有圖，有傳，有銘記，有歌詩，海內傳誦久矣」，「敕鎮守浙江太監麥公」增集重刻。而今本附錄之末，有李春芳《重刊精忠錄後序》，據知所謂「李春芳編輯」，實即「釐正翻刻」舊本。後序作於明正德五年（1510），則「海內傳誦久矣」的原《武穆王精忠錄》小說，當是明初或更早的人所編撰。熊大木把原書主體《傳》

－289－

的部分演爲今本的前八卷，而把它的《後集》逐作今本附錄，遂有了這部今見一切說岳小說的祖本。

《大宋中興通俗演義》演南宋中興事。《序》云：「按《通鑑綱目》而取義。」《凡例》云：「宋之朝廷綱紀政事，係由實史。」內文敍事始靖康元年（1126），終於紹興二十五年（1155）。每卷首標敍事起迄年歲，並書「按實史節目」，敍寫內容也大致接近歷史實際。因此，這一部書首先是從宋室南渡開始的一段歷史的演義。高昂的愛國主義精神，是這部小說突出的思想價值。另外，與全書敍事描寫相關的議論，也表示了一時人對這一段宋史的看法，於治史者有參考價值。

其次，本書演述的中心是南宋中興諸將。舉凡李綱、宗澤、韓世忠、張浚、劉錡、吳玠、吳璘等中興英烈人物，幾乎都寫到了。相應如宋高宗、秦檜、張俊等昏君姦臣也作了較多的描繪。這些人物描寫，有的還頗見精彩。但是寫中興諸將，仍以岳飛爲主，即《凡例》所謂「惟以岳飛爲大意」。因此，這部小說實際跨在了歷史演義和英雄傳奇的邊緣，是一部以岳飛爲中心的烈士傳、英雄譜。全書較爲生動地敍述描寫了岳飛奮自徒步應募，身經百戰，精忠報國，建立的赫赫戰功；謳歌了這位古代的愛國將領和民族英雄，寫出了他的高風亮節和卓越才情；更對他功高被戮的千古冤獄，表示了無盡的同情和遺憾，同時也揭露抨擊了投降派、賣國賊，對宋高宗也有所針砭和諷刺。這一主題雖然自南宋末以降說話藝術和戲曲中早已確立和顯露了，但從來沒有象這一部書表現得如此充分和集中。後世鄒元標《岳武穆精忠傳》、于華玉《岳武穆盡忠報國傳》、錢彩《說岳全傳》，就都承襲它而來，發揮它的精神。

最後應提到的是，熊大木編著此書當明代北方邊患嚴重的關頭；此書廣爲流行，又值明末後金國虎視中原。「英靈有在袪殘孽，爲息三邊鼓角悲。」明人倪阜的這兩句詩，非常準確地道出了明代崇奉岳飛，以及這部小說在當時問世流傳的社會意義。

《大宋中興通俗演義》雜採正史，傳聞，小說鎔鑄增飾而成。有些地方追摹《三國演義》，表現了一定想像力和技巧。敍事條貫，氣魄宏大。人物形象也較爲眞實生動。如寫早期的岳飛頗有草莽氣息。李綱、宗澤、韓世忠等人的忠勇，高宗的昏懦，秦檜的奸殘等，都能給讀者留下深刻印象。

歷史上和本書中所寫岳飛的抗金事業符合人民的利益，他的許多優秀品質，至今令人欽仰。但他畢竟是封建朝廷的忠臣，愚忠於皇帝，還鎮壓過農

民起義。作者對這一切不加分析地歌頌肯定，加以岳飛顯靈和秦檜在地獄受報等描寫，使本書帶有一定腐氣。至於拘泥於史實，情節不夠集中，描寫不夠細緻，以用淺近文言而不夠通俗生動，且堆垛了過多的章表書啓按斷評語等，則削弱了小說的趣味。

作爲附錄的《精忠錄後集》，包括「古今褒典」「古今論述」和「古今賦詠」三卷，輯錄宋元至明嘉靖間有關岳飛的文字資料，對於理解作品和岳飛的研究有參考價值。其中有些材料已經難見到了。

這次校點所使用的底本，是中華書局《古本小說叢刊》影日本內閣文庫藏書林清白堂刊本。原本八卷，署「鼇峰熊大木編輯，書林清白堂刊行」，卷八末葉木記云「嘉靖壬子孟冬，楊氏清江堂刊」。首熊大木《序武穆王演義》，以下《凡例》七條，圖四十八幅。卷一題《新刊大宋演義中興英烈傳》，卷二至卷八題《新刊大宋中興通俗演義》，板心題《中興演義》，「演」或作「衍」；附錄三卷，題《會纂宋岳鄂武穆王精忠錄後集》，署「賜進士巡按浙江監察御史海陽李春芳編輯，書林楊氏清白堂梓行」。八卷正文前四卷爲全書「上」，後四卷爲全書「中」，附錄三卷爲全書「下」。這是海內外僅存的初刊全本。木記前後堂號不一，附錄梓於是年秋季，正文反晚刊在孟冬，應有具體原因，存疑待考。

原本分則，無順序數，共七十四則，每則標目。卷之三《胡寅前後陳七策》目在第二策之末，無目錄；影印本《前言》已載明檢出：原書卷二第九葉闕。卷三第四十七葉、第四十葉闕、第五十二葉以下闕。卷五第五十葉以下闕。卷七第十七葉、第二十三葉、第二十四葉闕；今據影印本又檢出並推得：原書卷一第四十六葉、第四十七葉闕。卷五第三十一葉、三十二葉錯簡，《後集》第四十、四十一葉錯簡。

《大宋中興通俗演義》今存尙有萬曆周氏萬卷樓刊本、明內府鈔本、三臺館刊本，以及同爲一書而題作《武穆精忠傳》的天德堂精刊本、萃錦堂刊本、映秀堂刊本等三種。今據上海古籍出版社《古本小說集成》影印天德堂精刊本輯補校正，釐定爲卷各十則，共八十則，纂成目錄，新增之目於目錄中以*標識。其他一如本叢書校點《凡例》處置之。

校點錯誤與不妥之處，請專家讀者指正。工作中得到不少師友和同志的關心與幫助，謹此致謝。

（原載《明代小説輯刊》第二輯第二冊，巴蜀書社 1995 年 11 月版）

杜斌校注《陶瓷四書》前言

　　陶瓷是陶器與瓷器的總稱。陶器用黏土或陶土捏製成形後燒製成器，瓷器則是用高嶺土、長石和石英爲原料混合成形經乾燥後燒製而成。二者材質、工藝之異雖然明顯，但是同出於人類對糧食、水等容器的需要，又在材質與工藝上也有後先某些方面的繼承，所以至今陶、瓷合稱。但在陶瓷的歷史上，製陶遠早於製瓷，而且至今我們能夠知道的人類早期就已經是世界性現象，不知起於何時何地，更不知是何人的發明。但是，瓷器在製陶的歷史上產生，卻是中國古代「四大發明」之外貢獻於世界的又一偉大發明。

　　中國古代「四大發明」深遠地影響了世界歷史的變革。中國瓷器的發明對世界的影響，也並不遜於「四大發明」中的任何一種，更有其獨特處是塑造了古近代歐洲人心理上中國的形象。那就是由英語中出現稱瓷器和中國都是「china」（區別在大小寫，大寫指中國，小寫指瓷器），演化出歐洲人有時稱中國爲「瓷國」，以瓷器爲他們心目中遙遠而神秘的中國之象徵。因此，與今天國人乒乓球愛好者喜稱乒乓球爲「國球」卻是英國人的發明不同，瓷器從最初的創造到今天源源不斷地大量生產，中國人的技藝與產量上都一直領先世界，是當之無愧的中國「國瓷」。並且這一點還不是國人的自封，而早就是歐美所認可和公推，中國人可以居之不疑。而由此可見，網絡搜索中「國瓷」僅指國宴等國事用瓷的定義，就顯得太過狹隘並好像也不瞭解中國與世界瓷器的歷史了。

　　近世考古發現證明，中國先民製陶已有上萬年的歷史，原始瓷也早在中國 3000 年前的商代就已出現了。唐宋時瓷器的製作技術進一步成熟，成品大量出口南洋與歐洲；明朝更是中國瓷器製作成熟和鼎盛的時期，正是在這一

時期中國因陶瓷大量輸歐而贏得「瓷國」的聲譽。至清代、民國，製瓷業雖不再輝煌，但是仍然保持了一定的發展，有不少新的變化。因此，縱觀中國的歷史，陶瓷既是「四大發明」之外中國貢獻於世界的又一偉大發明，又是3000年以來中國最古老的一項優勢產業和審美的藝術，當然就是中國自古及今都不應該忽略的一門關於科學與藝術的學問。

但是，與中國陶瓷的歷史悠久和對人類文明的貢獻巨大相比，中國古代對陶瓷的創造、應用與欣賞略能相稱，而以科學的精神對陶瓷從材料、工藝到產品進行研究與總結則重視不足，明顯滯後。突出的表現就是古籍中對陶瓷的記載甚早，詩文中描繪或提及者亦多，但是有系統地介紹和研究陶瓷的文字則出現較晚，而且數量不多。雖然早在唐宋時代中國陶瓷的製作與貿易就已經很繁榮，但是晚至蒙古人統治的元朝才有了蔣祁記載景德鎮陶瓷的《陶紀略》出來。《陶紀略》對中國陶瓷的介紹雖然已經比較系統，但是僅僅1080字的篇幅，難得稱為一部陶瓷學的專著。明朝雖然是中國陶瓷藝術的黃金時代，但是那時學者大概由於專注講心、性、天理的理學，而未遑對陶瓷這類「百姓日用」的東西有認真的關注，所以明朝人也沒有能夠成就真正有分量的陶瓷學專書。從而晚至滿洲貴族統治的清代乾隆年間，才有朱琰所著《陶說》一書問世，可謂姍姍來遲者矣！

《陶說》是中國陶瓷史研究的奠基之作。清人劉丙評曰：「自海鹽朱桐川著《陶說》，於是陶器有專書，用補前賢所不逮。」（《景德鎮陶錄序》）。但是，朱琰《陶說》之考述，較詳於古而略於作者之當代，於是不久又有「藍浦補朱氏之缺，評今略古，編為《景德鎮陶錄》一書，惟未脫稿而卒……其門人同里鄭廷桂嘗就原稿八卷略事董理，續成此書，嘉慶二十年付梓行世，世人遂以此書與《陶說》並稱為中國陶瓷史名著」（傅振倫《〈景德鎮陶錄・注〉序》，《景德鎮陶瓷》1992年第3期）。此後至清末民國初年，又有陳瀏號寂園叟者寓居北京，雅愛陶瓷的搜集與研究，乃感於「朱琰撰說，不及本朝」（《〈匋雅〉自序》），而著為《匋雅》。

寂園叟《匋雅》初名《瓷學》，這是在人類陶瓷研究史上第一次標舉陶瓷研究是一門學問。而民國間著名學者許之衡適與寂園叟同寓北平為鄰，「時過鬥杯爐」（許之衡《飲流齋說瓷・書成自題六十韻》），交往甚密，從而得觀《匋雅》，贊為「贍博極矣」之餘，又感於其書「未嘗釐訂體例，區別部分，初學者殊有望洋之歎，則美猶有憾也」，而作《飲流齋說瓷》（許之衡《飲流齋說

瓷‧概說第一》）。雖然據說許作《飲流齋說瓷》曾被《匋雅》的作者寂園叟斥為「抄襲伊稿」，但是對比二書可知，誠如著名學者童書業先生斷云：「《說瓷》內容往往襲自《陶雅》，其據《陶雅》而成書當不誤。然《陶雅》似只是隨筆札記，漫無系統，且多自相矛盾處。《說瓷》則條理井然，頗具整理之功，說許君『剿襲』，也似乎有些冤枉。」（童書業《〈飲流齋說瓷〉評》）竊以為童說有理。其實，不僅與《匋雅》的「漫無系統」比較《說瓷》更為「條理井然」，而且《說瓷》在資料與見識上也有過於《匋雅》之處，茲不贅述。加以許之衡戲曲家、文學家的筆觸優雅，從而在全部中國陶瓷研究史上，《匋雅》雖為許作《飲流齋說瓷》之前驅，但後者可說是「青出於藍而勝於藍」，乃後來居上。並且是自《陶說》所創中國古體陶瓷史的專著，至《飲流齋說瓷》而成絕響。

中國作為英語世界所稱的「瓷國」，有「陶說」「瓷學」之稱也已經遠過於百年，那麼自古有關陶瓷的文字記載當然不止於上述幾部著作。許之衡《飲流齋說瓷》概說陶瓷的研究，雖然沒有提及元代蔣祁的《陶紀略》，但是於「明代品瓷」所提到的就有「屠隆之《考槃餘事》、黃一正之《事物紺珠》、張應文之《清秘藏》、谷應泰之《博物要覽》，源源本本，勒為專書，後世猶可考見。至項子京《瓷器圖說》，則彬彬美備；又於「有清以來」除朱琰之《陶說》、藍浦之《景德鎮陶錄》和寂園叟《匋雅》之外，還提及「程哲之《窯說》、唐英之《窯器肆考》」，稱許二書「亦復有名於時」（《概說第一》）。所以，我國古代的瓷學著作雖然說不上豐富，但也並非只有朱琰《陶說》、藍浦、鄭廷桂《景德鎮陶錄》、寂園叟《匋雅》和許之衡《飲流齋說瓷》四種值得稱道。但是，這四種有關中國陶瓷的專書卻是清以來流行最廣，至今國內外陶瓷學界公認的最具代表性的中國陶瓷學專著，可以稱得上是中國陶瓷學的「四大名著」。但是，與中國古代小說的「四大名著」不同，一方面這四部書畢竟各為關於中國古代陶瓷科技與藝術及其歷史的奠基或劃時代性的學術專著，另一方面是這四部同為有關陶瓷的著作前後成書都有不同程度關聯，讀者可以並有必要互相參照。所以，比較分冊閱讀的方便，這四部書也有輯為一大冊便於一併收藏參用的理由，故合而編之，並仿於儒學之有《四書》而自我作古，命名曰《中國陶瓷四書》。是否有當，讀者識之。

《中國陶瓷四書》所輯諸作均為中國古代陶瓷學的經典，當然就是今天治中國古代陶瓷學的基本書，同時也是中國古陶瓷愛好與收藏者權威而又便

捷實用的參考書。爲便於讀者閱讀，在上述已涉及內容的基礎上分別簡介各書作者、成書、版本與本次整理情況如下。

《陶說》六卷。作者朱琰，字桐川，別號笠亭。海鹽（今浙江海鹽）人。生卒年不詳。清乾隆三十一年（1766）進士。乾隆三十二至三十四年間，曾出爲江西巡撫吳紹詩的幕僚，後授直隸阜平縣令。工詩能文，著作頗豐。除本書之外，另有《金華詩錄》《明人詩鈔》《唐詩律箋》《琴學》等。畫工山水，精於鑒賞。《陶說》是他在江西做幕時所作。鮑廷博初刻於乾隆三十九年（1774）（簡稱鮑刻本），後又有乾隆四十七年本、五十二年本，乾隆五十年馬俊良《龍威秘書》本，光緒八年（1888）《翠琅玕叢書》本，1914 文友堂鉛字排印本（簡稱文友本），1935 年商務印書館《萬有文庫》本（簡稱商務本），1947 年黃賓虹、鄧實編《美術叢書》本（簡稱美術本）等。這次整理以《續修四庫全書》影印鮑刻本爲底本，校以文友本、商務本、美術本等。

《景德鎮陶錄》十卷，藍浦原著。藍浦字濱南。又字耕餘。浮梁景德鎮（今屬江西）人。乾隆時人，生卒年不詳。敦行力學，而無功名，教書爲業以終，年僅中壽。《陶錄》是其生前未完成之作，舊稿六卷。鄭廷桂字問谷，與藍浦同里，嘉慶戊寅副貢，受業於藍浦爲弟子，於其師歿後二十年，續撰並編次此書，原稿六卷釐定爲八卷，另增補卷首《圖說》和卷尾《陶錄餘論》共十卷。有嘉慶二十年（1815 年）翼經堂刻印本，1947 年黃賓虹、鄧實編《美術叢書》本。這次整理即以翼經堂刻印本爲底本，校以《美術叢書》本。

《匋雅》上、中、下三卷，現僅存上、中二卷。作者寂園叟，本名陳瀏（1863～1929），一名禦寇，字亮伯，一字孝威，號寂園、寂者，又號定公、垂叟等。晚年自署定山，又稱六江六山老人。江浦（今屬江蘇）人。光緒十一年（1885）拔貢，官至福建鹽法道。民國初，爲交通部秘書。民國十七年（1928）入黑龍江軍幕，參加馬忠駿之遁園吟社。民國十八年（1929）冬，卒於齊齊哈爾。陳瀏是清末民初著名詩文家、書法家、收藏家、鑒賞家。酷嗜古陶瓷的收藏鑒賞與研究，著作豐富。包括本書在內，有關陶瓷者達十種之多。另有詩文集八種。《匋雅》原名《古瓷彙考》，又名《瓷學》《寂園志第一種》。寫就於北平（今北京），光緒三十二年（1906）由上海朝記書莊印行。今通行有宣統二年（1910）《寂園叢書》本、民國七年（1918）《靜園叢書》本、民國十二年（1923）上海古瓷研究會石印本等。這次整理以《靜園叢書》本（簡稱「靜園本」）爲底本，校以《寂園叢書》本（簡稱「寂園本」）、上海

古瓷研究會石印本（簡稱「石印本」）等。

《飲流齋說瓷》一名《飲流漫稿》，十卷。許之衡撰。許之衡（1877～1935），字守白。號飲流、曲隱道人。別署守白氏、冷道人。室名飲流齋，自號飲流齋主人。浙江仁和（今屬杭州）人，生於廣東番禺。祖父許其光（字懋昭）曾爲翰林院編修、福建監察御使等，父許由身爲光緒八年副榜貢生。許之衡爲光緒二十九年的副榜貢生，早年曾入廣雅書院修業，是康有爲入室弟子。後留學日本，歸國後爲北京大學曲學與中國文學史教授。戲曲家，著有《玉虎墜》《錦瑟記》《霓裳豔》等傳奇；詞曲學家，有《作曲法》《曲學及曲選》《曲史》《曲律通論》《中國音樂小史》等專著多種，以及詞作《守白詞》等。《飲流齋說瓷》是他唯一瓷學著作。書前有《書成自題六十韻》五言長詩一首，概述此書創作之由，陶瓷之史，瓷學之跡等。正文內容與編次上的特點則已如上述。有上海朝記書莊本，不署出版年月，且訛誤頗多。今通行爲黃賓虹、鄧實主編《美術叢書》本，爲該叢書第三集第六輯之第六種，原版於民國九年（1920），校勘頗精。這次整理即以《美術叢書》本（簡稱「美術本」）爲底本，校以上海朝記書莊本（簡稱「書莊本」）。

本書編纂由本人提議，各本整理由杜斌獨立完成，本人或有所審訂。杜斌的整理主要是校正錯訛，並加以簡明的注釋。全書配以圖片，以便與文字相參觀。配用圖片均來自上海人民出版社 1999 年出版的《中國陶瓷全集》，有關說明均按書中具體數據標示。校注中參考了古今學者的有關著作，限於體例，未能一一注出，謹此說明並致謝！合編整理工作得到齊魯書社原社長宮曉衛編審和現任社長、總編呂亮編審的大力支持，編輯室主任本書責編李軍宏女士更是做了大量指導和審查匡正的工作，謹此一併致以衷心感謝！

我們希望《中國陶瓷四書》的出版能有所方便於中國「瓷學」的研究與應用，同時希望「中國陶瓷四書」的提法能得到學界的認可，以有助於提高國人對中國古代「瓷學」的重視，推動中國古代「瓷學」研究的深入發展！但是，由於水平所限，本書的合編整理工作難免有某些缺陷與不足，敬祈專家讀者批評指正。

二〇一五年七月十九日

（原載杜斌校注《中國陶瓷四書》，齊魯書社 2015 年版）

任明華《才子佳人小說研究》序

在《紅樓夢》出現之前，明末清初長時期中，坊間有一種寫才子佳人愛情婚姻故事的小說，頗爲大眾特別是青年讀書人閱讀的時尚。其風靡的程度，若以切近易觀的事體相比，大概不下於若干年前港、臺言情小說初登大陸在青年中的傳播；而其不受評論界、學術界的重視，甚至遭到蔑視的情況，也前後差不太多。這個現象表明，無論何種時代，文學批評與研究都只是少數專家針對爲數不多的所謂主流作家、作品的工作，是「象牙之塔」的事業；而在社會各不同層面上有廣大受眾的所謂非主流作家、作品，那怕有一時「紙貴」的影響，也難免不爲學者忽略。這當然不是正常的狀況。但是，歷史就這麼延續下來，非等到有一天時來運轉，學者們醒悟到以往對待這類作家、作品的不公，即使算不得把明珠投暗，也是錯估了文學的「行情」，像《西遊記》中佛祖說爲舍衛國趙長者家誦經一遍，「只討得他三斗三升米粒黃金回來」一樣，是「忒賣賤了」。

雖然如此，盛行於明末清初的才子佳人小說並未被人完全忘卻。一個重要的標誌是，經三百多年歷史的淘汰，至今仍有大約七八十部這類作品比較完好地保留了下來，並在近百年中不時爲學者所提及，也有專門研究的開展。但是，從總體上看，這類作品還是沒有受到應有的重視和得到正確的評價。一方面隨著我國社會的變革，這類被清代封建衛道士視爲禍水必欲「嚴查禁絕」的作品，在「五四」以後的學者們看來，思想內容上已殊無新意，唯見其迂腐與多烘；另一方面隨著西方文學觀念的湧入，學者以「形象」爲批評的中心，這類作品藝術上早就有曹雪芹《紅樓夢》中說它是「千部共出一套」，於是在近世成爲古代小說研究中公式化、概念化作品的代表。這都不無道理，

但是有很大的片面性。——歷史的與美學的評價要求於我們的，主要的並不是看其在今天還有什麼新的價值，而是看在它產生的時代曾有過什麼新的價值。換言之，才子佳人小說的評價應主要看它比前代小說有些什麼新的創造。在這個意義上，才子佳人小說大旨爲當時知識青年男女戀愛說法，鼓勵他（她）們盡一切的可能追求愛情婚姻的幸福，即使在封建禮教的重壓下不免有些委曲求全的傾向，其意義也未必一定就在《金瓶梅》的「暴露」之下，更不必說有些作品還另有寄託。至於它藝術上的缺陷誠然是突出的，但是，「千部共出一套」其實是我國古代小說各流派共同的現象，結果各個流派的作品往往只有打頭一部是好的，如歷史演義、英雄傳奇、神魔小說等，「一套」之後極少有不蹈常襲故之作。這並不奇怪。世間從來天才少而庸才多，從而文學也是精品少而庸作多。所以，批評家不當有如金聖歎「獨惡宋江」似的偏頗，對才子佳人小說後先模擬的缺陷看得過重，而應該既看到它「千部共出一套」的流派面目，又認眞探討並如實肯定其中優秀之作每有脫卻舊套的努力，並不乏新穎技法的表現。

進一步說，作爲小說流派，才子佳人小說之不被近世批評家看好，主要的並不在其「千部共出一套」，而是客觀上它缺乏一個高峰，或者說它打頭的作品沒能成爲經典，所以整體上顯得平庸。但是，若論流派，卻不僅要看其代表作，還要看它各個發展階段上全部作品的情況。在這個意義上，相對於其他流派，才子佳人小說作品的水平卻更爲平均，所以傳世頗多。而且即使它打頭的作品夠不上經典，卻也不能說全無創造。在「四大奇書」之後，那個被概括爲「私訂終身後花園，公子落難中狀元，奉旨成婚大團圓」的題材與套路，與才子、佳人加上撥亂其中的小人（往往是第三者）的三極建構模式，以及它雋雅風格的第一次出現，無疑是在讀者面前展現一道新的文學風景線而大受歡迎。後來「千部共出一套」的原因頗爲複雜，但歸結起來，正如《水滸傳》《金瓶梅》《紅樓夢》續書眾多的名著效應，主要還是因爲上述才子佳人小說題材、套路及三極建構模式的創造性具有影響廣大的生命力，才引得不夠天才的作家們步趨模仿它。另外，才子佳人小說的藝術價值還可以從貶損才子佳人小說最力的曹雪芹所著《紅樓夢》得到證明，我以爲《紅樓夢》寶、釵、黛三者關係的設計，以及後世小說寫「三角戀愛」的模式，就與上述才子佳人小說的三極建構有一定的聯繫。所以，歷史地看才子佳人小說的社會與文學的價值不可誇大，亦不容低估。然而總之，歷史還是這麼

延續下來，在上個世紀 80 年代之前，傳世才子佳人小説基本上沒有得到認眞的整理，更很少有積極評價的批評。

「興廢繫乎時序，文變染乎世情」，文學批評與研究的狀況也是如此。在三百餘年的被冷落之後，才子佳人小説眞正時來運轉的機會是改革開放的近 20 餘年。這 20 餘年中，古代文學批評與理論研究的學術風氣大變，其最根本之點，是研究者逐漸甩落各種極左僵化教條的束縛，據可靠的資料與科學的理論和方法，力求直面古代社會與文學的實際，重新檢驗、發展前人的成果和不斷擴大新的研究領域，作出富於個性與時代精神的更加深入的揭示與準確的價值判斷，如漢大賦、宮體詩、婉約派、小品文等等，都有了迥不同於前人的新的論述和評價。這當然也包括了才子佳人小説的第一次受到學術界、出版界的高度重視，在整理出版原著和不斷翻印的基礎上，陸續出現了一批有份量的學術論著。任明華君《才子佳人小説研究》一書，就是隨近 20 餘年來學術風氣新變重視才子佳人小説研究推出的最新專著。這部書的出版，使我們有理由認爲，近 20 餘年來勢頭良好的才子佳人小説的研究，正在實現著新的反思、提升和突破。

我之所以這樣説，是因爲這部書帶有一定總結性的特點，既有學術史的認眞的回顧，又有批判地繼承前人成果基礎上自己的發現，另外還附錄有關才子佳人小説研究的較爲完備的資料，視野較爲廣闊，論述近乎周詳，基本上達到了作者爲本書所設定「獲得對才子佳人小説較爲全面、客觀、深入的認識和評價」的目標。這在作者可能還只是初步的成果，但他站在時代的高度和前代學者的肩上，登高望遠，多有可能見前人所未見，發前人所未發，從而在同類著作中，本書從內容到體例都有鮮明的特色。讀者於本書具體的方面或見仁見智，但是，相信誰都不會否認它是一部有用的書，可以給學者瞭解才子佳人小説和進一步的研究以切實的幫助。

明華君天資明敏，刻苦勤奮。他積數年之功寫成這部《才子佳人小説研究》，心血所凝，甘苦自知，卻值此付梓之際，索序於千里之外，大概是以我既爲圈子中人，又對他的這項研究初期的情況較爲瞭解之故。我因此不能推託，又由衷地爲這部書能夠出版感到高興，於是寫了以上的話。是爲序。

（原載任明華《才子佳人小説研究》，中國文聯出版社 2002 年版）

常金蓮《〈六十家小說〉研究》序

　　《六十家小說》是明嘉靖時錢塘（今浙江杭州）人洪楩編刊的一部「小說」集。洪楩是宋代高官大名士《夷堅志》與《容齋隨筆》作者洪邁之後，嘉靖間官至詹事府主簿，是著名藏書家與出版家。其編為《六十家小說》，「六十家」之數，應是取當時流行《三國演義》百二十回之半，而非其當時所見正好此數；「小說」當為宋元「說話有四家，一者小說，謂之銀字兒」（宋耐得翁《都城紀勝·瓦舍眾伎》）之「小說」，而由洪氏據己意斟酌的認定。考於書中各篇的年代，這部書是洪氏所見宋元至明嘉靖前小說話本的選集。當時或不止一種，今所知見卻只有此書。除此書之外，那以前小說話本今存已經很少了。所以，這一部書基本上可以看作我國明嘉靖中葉以前小說話本的總集，其彌足珍貴，自不待言。

　　但是，洪楩當年編刊此書，大概只是彙集原作，未作加工。以故諸篇文字，質樸有餘，華豔不足。雖一時流行，而至馮夢龍編訂《三言》，後來居上，此書漸無人問津，名亦隨之不彰，久而散佚。民國間馬廉（隅卿）先生收拾殘卷印行，據書根所署坊名題為《清平山堂話本》，再度行世。至今新版數種，雖各卷首例有該書源流的說明，但今天普通讀者，仍多數只知有《清平山堂話本》，而不知有《六十家小說》，更不知《六十家小說》其實是《清平山堂話本》的祖本。從而也難得知道，在明末馮夢龍所編訂的《三言》之前，數十年間支撐宋元至明代話本小說一系流傳的，是《六十家小說》；啟發馮夢龍並作為其最重要根據彙百二十篇為一書編訂《三言》的榜樣，也是《六十家小說》；而使我們至今能夠看到最多宋元話本較原始面貌的，就只有《六十家小說》！

這在普通讀者，展讀把玩，多爲遊心快目，也許不是什麼遺憾。但是，近百年來，話本小說研究中，人們多關注研究馮夢龍《三言》、凌濛初《二拍》，甚至《型世言》之類等而下之的集子，而很少致力於《清平山堂話本》，更極少人專題研究《六十家小說》。以致近來，雖然已有學者企圖重構《六十家小說》的努力，卻至今沒有一部關於此書研究的專著出版，就不能不說是一個遺憾了。

這些，都是我平時瞭解和讀常金蓮博士學位論文《〈六十家小說〉研究》中知道或聯想到的。因此之故，我不能不稱讚論文選題之好，爲其即將出版感到由衷地高興；又因此之故，我願意應作者之請，爲她這部積數年心血鎔鑄而成的處女作寫序；更願意藉此機會，祝賀這百年來《六十家小說》研究第一部著作的出版！

博士論文雖然第一是用於取學位的，但多年磨劍，一般說也容易做得認眞紮實。所以，這類著作固然有不成熟者，但也不乏學者後來籍以立身成名，甚至開宗立派的大著作。金蓮的這部論文也許算不得那種大著作，但足稱「一家之言」，是一部全面綜合研究洪楩《六十家小說》的力作。這部論文，凡題目有關重要的方面無不涉及，而於前人研究的基礎之上，又多能推進一步，或開拓一區，或匡正一說。凡所考論，均實事求是，——我平時體貼這個意思，即是什麼就說什麼，該怎麼說就怎麼說，《易經》所謂「修辭立其誠」而已。不僅是運筆，更在義理考證，都能努力做到持之有故，言之成理，行於所當行，止於所不可不止。作者的這一種態度與能力，使論文內容堪稱博涉而充盈，確實提出了許多問題，也解決了不少問題；形式上則體例適當，結構合理，引證得宜，層次清楚，語言明白，雖研古論文，而能清純有致。這樣的論文除開卷有益之外，還至少有一大好處，即讀來不覺得累，是難得的。從而將來研究《六十家小說》與相關學術問題的不可不讀，而讀之必對研究大有幫助，又會是作爲研究閱讀一次愉快的經歷。

以上順筆寫來，都是讚揚的話。但金蓮請我作序，曾囑我一定要寫寫論文的缺點。我答應了。行文至此，該講一下這方面的話了。但轉念一二私見，早已與金蓮交流過。這裡要表達的只是我的喜悅與一點感想，並且推薦這部書，希望讀者先是接受她，然後自有公論。因此之故，就不必再把我的那些並一定正確的私見拿出來，湊成本文爲「一分爲二」了吧。

遙想十一年前碧雲秋色裏，金蓮以年考成績第一名負笈魯門，從我讀元明清文學碩士研究生，治古代小說。其間問道殷勤，爲文斐然成章，歷歷如在眼前。三年卒業，金蓮順利考取山東大學馬瑞芳教授博士研究生；又三年，

金蓮博士生畢業，而我亦輾轉來濟，因「非典」，應馬瑞芳教授之邀，承乏忝爲金蓮博士學位論文答辯主持，得與諸評委先生細論此文，親見金蓮因馬瑞芳教授教誨之成，得著名學者袁世碩教授等山東大學古典文學諸先生薰陶之功；又不久，金蓮畢業後來山東藝術學院執教，與我近在咫尺，偶從我編書，時一來顧，講論甚歡……。是我於金蓮走上古典文學之路，十餘年間，斷而復續，雖無大貢獻，而關節處竟未嘗不有所參贊。因此能有如上話可說，此所謂緣也，幸也，更以此寄望於金蓮未來學術一路向上也！

是爲序。

（原載常金蓮《〈六十家小說〉研究》，齊魯書社 2008 年版）

附記

常金蓮女士是山東諸城人，已於 2014 年夏因故去世，年才 43 歲。山東大學博士，生前任山東藝術學院戲曲系副教授、副院長。我雖近在咫尺，但聞訊甚遲。而噩耗傳來，當時竟不敢信。待後來不得不信，眞有天雷轟頂、五內崩摧之感！好端端一個嶄露頭角的女學者，怎麼能突然而失去性命？然而天奪其壽，無可奈何而已。今編集至此，有感於斯文，重味白髮人送黑髮人之苦，乃益信右軍所歎「古人云：『死生亦大矣。』豈不痛哉！」（《蘭亭集序》）金蓮生前曾從我修碩士生學業，後成爲著名作家、山東大學文學院馬瑞芳教授的博士生，我曾經參加她的博士學位論文答辯，她畢業後也曾參加我主編的《紅樓夢百家言》叢書（中華書局 2006 年版）編纂，負責《王熙鳳卷》。錄該院學生網名 mgxiang1314 於 2014-08-13 21:39 發佈金蓮去世信息並悼言云：

「我院常金蓮院長於今晨去世，年僅 43 歲！！！山藝戲曲唯一一位女博士，我們愛戴的常院長，記憶裏您性格開朗，爲人處事樂觀！大恩無法報答，在這裡把最深的祝福送給您，不枉我們師生一場！祝您一路走好！

下輩子還做您的學生

「----@06、07、08、09、10、11、12、13 屆戲曲學院全體同學：讓我們爲常老師送行，願她一路走好！」

（二〇一七年十二月十五日）

王敏法《邊緣人》序

2006 年 1 月中下旬之交，正值隆冬，我冒了嚴寒，去山東桓臺教育系統研究生課程進修班上課。課堂設在該市的教師進修學校，聽課的多是中學教師。中學教師需要提高學歷，但脫產去弄正規的學歷不是容易的事，所以才有了這種似是而非、似非而是的班。上這種班要交不少錢，但成績容易得，加以拖家帶口又要工作的人，確實難得擠出時間，所以在不少地方，總有不少人只交錢，不上課，聽課的人往往不多。在這種情況下，是很要考驗講課人的能力與對臺前冷落的忍耐之心的。因此，即使我已久經「考驗」，也不能不擔心這一次又會是怎樣的一種「考驗」。

然而，當我攜了往往不用的講稿走進課堂時，眼前的景象直使我詫異！雖然是並不闊大的教室，卻已經坐滿了人，後來的只好從別的教室裏拿了凳子，來走道裏坐。自然仍是有人缺席，但大都請假，表示了他想來而又無奈的理由。這使我很受感動，不但放下了被「考驗」的擔心，而且心情有些激昂。想到桓臺舊稱新城，是清初被稱為「一代正宗」的大詩人漁洋山人王士禛的故鄉，書香繼世，學問清揚，流風餘韻至今，果然不同尋常。

但使我更不曾想到的是，在我講臺前第一排課桌的一位聽講者，一面做筆記，一面擺弄好一個電子器具放在桌上。這使我好奇，下課問過，才知道是那個玩藝叫 Mp3，是用來錄音的。這給我的第一感覺，一是我講的內容被他認為有些用處了，二是這些內容有可能被保留下來了。於是，我提了一個不好意思的請求，希望他以後能擠時間把錄音整理給我，他很爽快地答應了。願意做這件事的，還有另外一位我教過的大學本科學生做了中學教師的鞏學賢，而做錄音的這一位是學賢的同一中學語文教研室的同事叫做王敏法。

　　後來他們二位陸續把我那次講課的錄音整理成文字用電子郵件發過來。打開篇篇原原本本一絲不苟的整理稿，我知道這是平生第一次有人如此認真地對待我那些自認爲沒有多大用處的「舌耕」的話了。但是，恕我大言，其中有些話也許不是在許多同類的課堂上能夠聽得到的。例如王敏法整理的《蒲松齡與〈聊齋誌異〉》中有這樣一些片斷：

　　　　當時（蒲松齡在）淄川這一帶，做個讀書人還是有名望的，和許多當地的名人都有交往，包括咱們這兒（新城）的王士禛王漁洋，都有交往。這就說明他還不是一個等閒之輩，不是一個平庸的教師，還是被視爲一個文人的。這一點（與普通塾師）還是有區別的。比如說大家都教書，但是某某人一面教書，一面還能寫點散文呀寫點詩，有點創作，所以被文化界所接納，所認可……

　　　　這件事我覺得對大家應該有些啟發。……就是說我們教語文的，一邊教著語文，一邊幹點「語文」的事兒，把這個東西用起來。一邊用著，一邊教著，這樣自己也能陶冶性情，把我們的活兒變成一件有樂趣的事情，我想這樣可能好一點。蒲松齡的教書生涯應該能給我們這樣一個啟示。……我們應該向蒲松齡學習，……像他那樣做教師，……把人培養好……，（同時）留下我們關於社會和人生的思考，留下自己的文章，讓當時的人，後世的人，因爲我們的文章受到啟發，能夠生活得更好，我們就不虛此生。我們應該有這個志向。有了這個志向，我們不僅學問好了，境界高了，書自然也能教得好。……

　　　　《聊齋誌異》的創作開始得很早，……貫穿了他的大半生，是他一生心血所凝。現在看《聊齋誌異》是一部大著作，將近五百篇作品，數量很大。可是大家想想，要把這些作品分到他一生當中去，假如說有三四十年進行創作的話，那麼一年才寫幾篇？也就十篇八篇的，還包括一些很短的。所以每年的量不是很大。當然事實上不是這麼分的，肯定有幾年創作比較旺盛，可能在十年八年當中主體部分就完成了，這個情況說明，你只要持之以恒，鍥而不捨，一生做成這麼一件事，不是不可能的。當然是不是說我們一定做得多麼好，那很難說。可是，如果一個人他喜歡，他很迷，他很投入地去做這件事，我想大概他能做得不錯。

……所以我說學習蒲松齡，各位的桓臺屬淄博，是在蒲松齡的家鄉學習蒲松齡，就要做一個教書而又能寫文章的人。……寫我們的生活，寫我們怎麼過日子，怎麼過來的。爲什麼寫我們的生活，因爲熱愛我們的生活，把我們的生命記錄下來，留下來。讓別人看，讓遠處的人看，讓後代看。如果我們別的事做不了的話，至少把我們一家人的生活寫下來，給兒孫後輩看，還是可以的吧。而大量的日常的街談巷議道聽途說的事，我們忍不住要講給別人聽的事，我們從別人那裡聽了之後捧腹大笑的事，讓我們歡喜激動或者煩惱憤怒的事，這些事情都可以入到文學中去。好多事情你甚至不需要做任何點染，就已經具備了很強的文學性；你用尋常的告訴別人的口吻，原封不動地記下來，就已經具有了文學性，不是那麼高不可攀的。如果你再有了精力，再把它潤色，學習別人的手法的話，就有可能很成功。……

今天我坐在車上，友人就告訴我說××地出了一個命案，……。像這類事，蒲松齡的小說好多是由這類事轉化的。所以寫小說不容易，但也不是什麼不得了的事，很大程度上是看我們做不做。很多「小說」不是作家想出來的，是生活造出來的。生活造出來的事往往比作家想像的更巧妙，我們只要把他記下來，就是半個小說家了。我特別多說這些話，就是因爲我們這裡是王士禛的故鄉，不遠就是蒲松齡的家鄉，你們是他們的老鄉。大家都很年輕，完全可以找到一條適當的適合自己的文學的路。那樣的話，今天我們的同學中能夠出個蒲松齡第二，從今天下定決心，聽了杜老師的課以後，他的那個課講得也不怎麼樣，但聽聽他說的那些話很在理，回頭做個蒲松齡第二，我這個課就很成功了。這將是多大的光榮啊！等到有一天，你的一本小說寫完了，後來寫上杜老師那個課講得不怎麼樣，《聊齋誌異》也沒怎麼說，光說怎麼學蒲松齡，咱中了這個「毒」，就學出來這個成績，那樣我就感到很光榮。

這些話，未必不有戲言的成分。例如我說「《聊齋誌異》也沒怎麼說」，卻是不可能的。在那次課上，我還如以往一樣地講了《聊齋誌異》，大略一切都沒有什麼特別。即使上面引錄的話，基本的意思也是過去 20 餘年函授和在類似這樣的進修班講蒲松齡與《聊齋誌異》時往往表達過的。然而一次次講

過了，並不曾也不敢抱很大的期望。這一次依然如此。但兩年過去了的一天
——2008 年 11 月 12 日，我突然收到王敏法的一封郵件，才知道那一次課堂
上有些激昂的「煽動」，結果竟大不同於尋常。郵件節略如下：

> 杜教授：
>
> 　　不知近況如何，十分牽念。我是您的學生王敏法，還記得嗎？
> 一個身高 1 米 65 矮個子，……在淄博桓臺的研究生課程班上，有幸
> 聆聽到您精彩的講課，並作了課堂實錄，給您整理過錄音的。時隔
> 兩年，記憶猶新。特別是您講老鄉蒲松齡那部分，給我以深深的啓
> 迪。課堂錄音並整理後，我時常溫習，自覺獲益匪淺。
>
> 　　……多年來，我喜歡業餘寫作，僅是忙裏偷閒，自娛自樂而已。
> 但您的一番話醍醐灌頂，讓我茅塞頓開。自從聆聽了你的教誨後，
> 我開始思考並付諸行動。我知道，我可能不會成爲您的學生中最出色
> 的，也成不了您的驕傲，但您的啓迪堅定了我從事業餘創作的信心。
>
> 　　如果只有教書沒有《聊齋》，蒲松齡注定是一個無名之輩。您說
> 的眞好，一掃我心頭的困惑。一邊教語文，一邊做著語文的事，相
> 輔相成，相得益彰。兩年來，我正是按照您的教誨做的。而且頗有
> 收穫，業餘創作達幾十萬字。
>
> 　　最近，經多方努力，珠江文藝出版社準備正式出版我的第一部
> 作品集，我將它定名爲《邊緣人》。毫不隱瞞地說，沒有研究生課程
> 班上您講的蒲松齡，沒有您的啓發和鼓勵，就沒有我的今天的點滴。
> 如果我能在這方面有點成績的話，那您是我當之無愧的引路人！弟
> 子不勝感激，發自内心地謝謝您！
>
> 　　杜老師，冒昧打擾，還有一個不情之請，就是能否請您撥冗爲
> 我的這本集子寫個序。爲這個要求，我考慮了許久，最後才下了這
> 個決心。弟子絕沒有借您的聲望顯擺自己的意思，只是考慮您是文
> 學方面的專家，寫這個序比較合適。若能如我所願，將榮幸之至。
> 知道您非常繁忙，故只選了幾篇拙作一併發過去，就當一次作業吧。
> 懇望賜教。
>
> 　　祝身體康健，生活順意！
>
> 弟子敏法遙上 11、12

　　敏法信中的謙虛把我稱譽太過，我卻把它摘在這裡，是爲了自我表揚嗎？非也！慚愧！我是想說，這是我教書近 30 年來受到的最高的獎勵！作爲一名教師，一個讀書並喜歡做點研究的人，除了爲盡力地做好了自己的事情而安慰與高興之外，沒有什麼能夠比他自己曾經教導過的人，自己的學生取得成績，更令人歡欣鼓舞的了，那怕他音書無託，千里萬里。特別是又如敏法離我且近，更謙虛地願意把他的這一份成功歸於我作爲一日之師的引導的時候，就更使我這個他日常生活的邊緣而又邊緣的人，不能不感到了意外的驚喜與快樂！因此我要答應爲他的集子寫一篇序，自是情理中的事，更幾乎是一種責任，——以我的空言，鼓起他新展開的翼，飛得更高，行得更遠！

　　敏法把他幾年中所寫幾十萬字的作品定名爲《邊緣人》，自有他的道理，我沒有問過，也不便揣測。但古人論詩，有謂作者未必然，讀者何必不然者，試效法之。我作爲《邊緣人》較早的讀者，讀了其中的一些作品，以爲其所謂「邊緣」者，豈以爲此作非文學正宗耶？或以自己「舌耕」之業餘寫作不敢自認爲作家中人耶？倘若如此，豈非以文學必爲瓶中花，而作家爲插花人了嗎？不，文學是生活深處之泥土中長育出的花朵，注定出自勞苦而用心生活並有意留住心聲的人。敏法正是這樣的人，他以自己是所謂「邊緣」的實際，正好是使他能夠成爲一位真正作家的環境與動力，——好一個「邊緣人」！

　　我所謂「邊緣人」能夠成爲一位好作家，是因爲在我看來，文學創作本質上不過是寫話，寫真話，寫有意思、有趣味的話，卻感染人、啓迪人，給人以美感與智慧。在這個意義上，每一個人都可能是文學家。然而世界上文學家不多，一面是因爲人們大都沒有這個閑暇，一面是因爲有人把文學的事看得太過於不食人間煙火，以爲是鬼斧神工了，還有人就是學問太大框框套套太多了。其實真正的文學家，不過是用心生活過，又能用人人都能夠懂得的話，寫人人都能感知而尚且未曾感知的情感與道理，做實際生活的「秘書」，精神領域的發現者、開拓者而已。如果不能馬上或顯著地做到後一點，那就只做生活的「秘書」吧！用我們的筆，用文字留住我們曾經的生活，留住悄悄流逝的生命，留住我們心中有時襲來的每一份感動！

　　這裡敏法輯存的作品就是如此。他寫「割麥」「打場」「掰棒子」等「遠去的農活」，寫「家門口的大戲」「學校的小油燈」「爆竹聲聲」等「記憶的星空」，寫「遷墳」「祭祖」「磕頭」等綿延不絕的「流風餘韻」，寫令人好笑而又可悲的「考試」，寫「傾聽生活的聲音」，寫「佰三其人」……，總是我這

樣一個也曾長期在農村生活過的人感到非常熟悉而又似乎有些陌生了的東西。我自信不是一個很守舊的人，但敏法的筆卻在提醒我爲這些東西已經只能留在紙上，而又很少留在紙上感到焦急了。啊！我們不是爲北京的古城風貌、四合院的無情隱褪而常常惋惜嗎？不是常常爲某些傳世已久的「絕活」後繼乏人而憂心忡忡嗎？不是有年輕人熱衷於自拍以留住青春嗎？那麼，讓我們爲敏法的《邊緣人》鼓掌吧！他是爲自己也是爲我們留住歷史，留住風俗，留住如煙一樣逝去的感情與思緒的人！我，並且相信每一位讀者，都會與我一樣，從敏法的這部書中，找到過去，找到自己的「打麥場」，找到自己的「小油燈」，還有「爆竹聲聲」，品嘗這陳年老酒一樣的悠長悠長的美妙韻味。

敏法的文章正是我所說的寫話。大手筆或以爲不屑，但我欣賞他寫得自然，寫得眞切而貼切，如友朋夜話，如情人私語，如促膝談心。這樣的文章，沒有誇張，沒有高調，沒有刻意的形容，使人想到山野的花，沉潭的水，隨風潛入夜的雨，感受到得未嘗有的一種樸素與純美。但我從中最受到感動的是他對他人，特別是對生活中弱者的善良、同情之心與敏感，例如他對於大清早使有的人以爲討嫌的賣粽子的吆喝聲，是這樣地「傾聽」的：

> 的確，週日的早晨，緊張忙碌了一周的人們大都喜歡睡個懶覺，讓緊張的身心得到放鬆。這個聲音驚擾了不少人的美夢，一定程度上剝奪了大家這點可憐的自由。但這是他賴以生存的職業，這是他養家糊口的手段。爲了讓家境更寬裕一些，這個家庭的頂梁柱起早貪黑，馬不停蹄。大多數人還在睡夢中的時候，他已經開始忙碌了。蒸煮，裝貨，上路，叫賣。他要趕在早餐時間將裹著清香的熱乎乎的粽子賣完，再去趕其他的營生。他的日曆裏，或許沒有星期天和節假日。對這樣一個風雨無阻給大家帶來美味早餐，辛辛苦苦經營自己生活的普通勞動者，我們又怎麼好去苛求呢？爲什麼不能把他的叫賣當作對生活的歌唱，帶著理解和寬容去欣賞呢？

胡適曾經引一位美國學者的話：「我年紀越大，越覺得容忍比自由還更重要。」讀敏法的這部書，我感覺他無意中做了這位胡適所敬佩的學者的知音。那麼就讓我們以同樣的理解與寬容的心情來欣賞並讚美敏法吧！他剛剛在起步，成爲我所戲說的「蒲松齡第二」，怕還有很遠的路。但是，他正在這條路

上努力跋涉，將一步比一步堅定地走向他輝煌的頂點。對於這樣一位下定了決心無畏地攀登的人，他當下步履略顯不整的稚嫩，比較僅僅視爲缺點與不足，我寧肯看作是爲他日後登上輝煌頂點的一次小額的買單！

（2008 年 11 月 16 日）

宋文翠《美學與審美教育概論》序

　　近來忽有一想：「快活」這個詞，可有兩解，意思大不一樣。一是快樂地活著，是大好事，大歡喜；二是活得太快，是不大好事，大不喜歡。人們自然無不希望有第一義的快活，並盼著長久；但造化最不如人意處，卻是人生苦短，又往往物極必反，樂極哀來。所以《西遊記》第一回寫猴王一日潸然落淚道：「我雖在歡喜之時，卻有一點兒遠慮，故此煩惱。」《儒林外史》也在開篇有「功名富貴無憑據，費盡心情，總把流光誤」等句的詞後議論道：「人生富貴功名，是身外之物；但世人一見了功名，便捨著性命去求他，及至到手之後，味同嚼蠟。自古及今，那一個是看得破的！」都執著於期待解決一個快樂而又活得長久的問題，然而談何容易！

　　《西遊記》中「煩惱」的，「西遊」學仙、成佛去了；《儒林外史》中「看得破的」，可能是逃入深山，或逍遙於市井巷陌中去了。他們的解決之道，都是小說家的「謊」言，不足信也無從學的。可信的是人之為人，無不可能有的這一困惑，不能不有一個適當的解決之道，那就是「人生也有涯」，但可以在有限的生命中努力創造並延長現實人生的快樂，使生活始終沐浴在美的優雅與從容之中：

> 　　實質上，人類自誕生之日起，便在不斷地追求美、創造美，希望自己的存在充滿詩意，希望自己的生活藝術化，追求美、創造美、享受美使人生變得充實、高尚、有情趣、有意義。而美，在本質上是一種流動的詩意的釋放與創造，是人類的一種高級的情感體驗，又是一種心理的感知與渴求，它是人性向真、向善、向美的展示，是人類心靈美的折光。

這是宋文翠《美學與審美教育概論》給出的目標與答案。她希望以此與讀者

的心靈溝通，在紅塵滾滾的世俗中共建美學與審美教育的路徑與理想，以使人生有第一義的真正快活。這在一位曾經從事古典小說研究的年輕學者，豈不是捨筏登岸、登堂入室了嗎？

是的，「文學使人幸福」，卻不免要借諸形象感染與啟迪的過渡；美學也使人幸福，卻是直接教人如何創造與感悟幸福的本身。它的作用是教人知道如何才是和才能有第一義的「快活」，營造並體驗到真正美的生活和生活中的美。在這個意義上，美學，只有美學，才是祛除人生「快活」中的困惑，打開人生幸福之門的金鑰匙，而審美教育是獲取這樣一把人生金鑰匙的必由之途。正如本書中所說：「因此，審美教育是全面提升人的素質的重要途徑，是否重視審美教育是衡量一個國家文明程度的重要尺度，也是人類美好願望和不懈追求的終極目標，一個會審美的人一定是一個精神富有的完整意義上的人，一個重視審美、會審美的民族一定是一個充滿活力的、富有生活情趣的，強盛的民族。這也就是中外美學史和教育史上的先哲們為何堅持不懈地呼喚美和重視審美教育的原因了。」宋文翠正是以這部《美學與審美教育概論》，加入了中外美學與審美教育史上無數先哲們堅持不懈的呼喚。

宋文翠早曾從事古典小說的研究，近年轉為美學與審美教育的教學與科研，加入到教人如何直接創造與感悟幸福本身的美學與審美教育的行列，不是容易的。從本書徵引的廣博與取精用宏可以看到，她不知從何時開始閱讀了古今中外大量美學史與審美教育史上的經典著作，積累並思考分析了大量美學與審美教育史上典型的事例，從中汲取了豐富的專業知識，科學的理論框架，醞釀孕育出可貴的學術創造性靈感，付之於個人的述作。她的成功，在於既從書中來，又從生活與教學的實踐中來；既貫串百家，融會貫通，又博採眾長，因故為新，間或自出手眼，倡為新聲，從而終能有此一部優秀的美學與審美教育教材，同時也稱得上是一部雖不夠精深獨到，卻也頗有些個人心得的學術專著，是值得讚賞並為之高興的。所以我願意在為她的《兒童文學概論》作序之後，又一次應約操筆，既是為了表達一個多讀了幾本古典小說的美學的外行，因對美學的嚮往而從粗讀本書所感到的快活，又是因為相信西哲赫拉克利特所說：「人不能兩次走進同一條河流，因為新而又新的水不斷地往前流動。」唯是從文翠或不至忘卻，而我仍沉浸其中的古典小說說起，讀者或笑我「三句話不離本行」，則只有徒喚奈何！

二○○九年五月二十二日

（原載宋文翠《美學與審美教育概論》，中國文史出版社 2009 年版）

劉傳錄《第三隻眼睛看水滸》序

　　前幾年有一本名為《第三隻眼睛看中國》的書流行一時。這本書據說是一位德國人寫的，但他的內容「很中國」，以至有評論者懷疑是中國人自己寫出來，而假託到德意志去的。這個問題也許已經有答案了，只是我不知道，也不太想知道。我現在知道的是，它無論是否冒牌貨，在中國還是有了市場。劉傳錄先生把他的新著取名為《第三隻眼睛看水滸》（以下簡稱《看水滸》），大約就是受它流風感染來的。但是，除了書名有「第三隻眼睛」之外，這本書與那本書絕不相干。那本書是談政治的，有人看好卻不好看；這本書是講小說的，容易看好又好看。——我讀了其中一些，覺得也確實好看！

　　我是一個教書的人，書本以外的東西知道得不多。傳錄先生把他的部分書稿通過電子郵件寄給我，說是朋友推介他請我作序，我才知道有劉傳錄其人，要出版這樣一本書，並立即想到在中國只有「馬王爺三隻眼」，劉傳錄何許人也？能有「第三隻眼」！

　　按「馬王爺三隻眼」故事見於明代小說《南遊記》。《南遊記》又名《五顯靈官大帝華光天王傳》，寫華光天王原為如來佛法堂前一盞油燈所化的妙吉祥童子，因殺死獨火鬼被貶下世投胎，為馬耳山娘娘第二子，取名三眼靈光。他的第三隻眼為如來所賜在頂門上所開的「天眼」，後因大鬧玉帝瓊花會，自號華光天王，成我國佛、道教中一大神祇，俗稱「馬王爺」。「馬王爺三隻眼」是比喻說這個人很厲害，尤其是見事明白，什麼也休想瞞得住他。劉傳錄何許人也？他《看水滸》，能有這樣這「第三隻眼」嗎？

　　然而從傳錄的信中知道，他是泰安人。泰安古號神州，地靈人傑，古今名家輩出，不乏高才卓識者，文采風流所被，為知劉傳錄不能為特立之才，

後起之秀？特別是泰山上有馬神廟、馬棚崖，我曾把這作爲百回本《西遊記》寫孫悟空爲弼馬溫可能的根據之一。在這樣一個半點馬虎不得的文化聖地涵養起來的讀書人，能用「第三隻眼睛看水滸」，奇怪乎？一點也不奇怪！

近日稍得閑暇，陸續讀傳錄寄來諸文，覺新見迭出，文筆清奇，賞心悅目，時欲拍案，乃信其果然識高見微，膽大心細，胸明筆利，乃信其果然「馬王爺三隻眼」，果然「看水滸」與眾不同，例舉其三：

一是他舉戴宗姓名諧音「岱宗」並最後歸宿爲泰山神爲證，認爲「《水滸》是把泰山作爲精神歸宿地」，「水滸文化是泰山文化的一部分」；

二是他爲梁山好漢日用消費算了一筆經濟帳，認爲隨著梁山的興盛，「呼延灼、關勝的入夥，梁山人馬達到 3 萬人以上，與糧草已經嚴重失衡，達到軍隊沒有隔夜糧的困境。儘管不斷攻城掠地，在打青州後三年仍經常發生經濟危機」，宋江「望天王降詔，早招安」，主要是因爲「沒飯吃」，餓的；

三是他說「在攻打祝家莊的戰鬥中，林沖活捉了扈三娘，按照潛規則，林沖對扈三娘有支配權，很多人都希望二人結合，爲了心中的娘子，林沖放棄了支配權，看上扈三娘的宋江不得不把扈三娘嫁給了王英，林沖把對妻子的回憶作爲一天最快樂的時光」，又南征北戰之後，林沖「再也不願回到那個讓他失望、讓他傷心的東京，他選擇了留在杭州六合寺，守著知己魯智深的骨灰，有武松照顧他，他安靜的回憶林娘子、回憶和妻子的愛情、回憶夫妻在東京的美好時光，在回憶中林沖微笑地離開了這個讓他失望的世界，去追隨自己的妻子，這個結局，對悲苦一生的林沖來說，也算很美好吧」。

諸如此類，在我所閱讀過的有關《水滸傳》的文章中，這些話從無人說過，從而感到新鮮，新奇，還似乎有點怪！但實在說來，他何嘗沒有道理？至少是何嘗沒有一些道理？

古人云「詩無達詁」，固然不是想怎麼說就怎麼說，但我所讀到《看水滸》的諸說，無不匪夷所思，新奇動人，又無不言之成理，持之有故，便不得不感歎作者恰如「馬王爺三隻眼」，真有你的！

本書的作者「劉傳錄評水滸不借助前人的研究，『閉門造車』，原汁原味，自成一家」，實屬不易，所以少見，也就不免令人多怪，我也不敢完全苟同的。但本書確有許多好見識，益人心智的話，讀來如「從山陰道上行，山川自相映發，使人應接不暇」，很值得一讀；又作者大概很年輕，也未多受我輩寫學術文章的那些清規戒律的恐嚇，所以膽子還大，信筆寫來，從容不迫，清純

中頗露銳氣！這也使感到新奇與新鮮，想著有朝一日他更加成熟起來，思深筆長，文采發越，將更加不負其有長養之恩的泰山了！

我也是泰安人，泰安人劉傳錄託以朋友之推介要我寫序，推辭不了，於是有以上的話。其實傳錄謙虛而已，他的文章比我這些話更有用也好得多，請讀者翻開下一頁吧！

杜貴晨二○○九年八月二日星期日於泉城歷下

（原載劉傳錄《第三隻眼睛看〈水滸〉》，山東畫報出版社 2009 年版）

李正學《毛宗崗小說批評研究》序

　　羅貫中《三國志通俗演義》舉世公認是我國章回小說的開山之祖，歷史演義的壓卷之作。而在本人看來，它還是我國文人個人創作的第一部長篇小說，並第一個受到學者、評點家的關注。

　　近世頗有學者以《三國志通俗演義》等明代「四大奇書」爲「世代累積型」成書的作品，誠有一定道理。但那基本上是從考據出發得出的觀點，不是對小說從藝術上的鑒賞與評判。從藝術的觀點看，以《三國志通俗演義》爲首的明代「四大奇書」，的確無不有因於前人之作的一面，但那基本上屬於馬克思所說「人們自己創造自己的歷史，但是他們並不是隨心所欲地創造，並不是在他們選定的條件下創造，而是在直接碰到的既定的、從過去承繼下來的條件下創造。一切已死的前輩們的傳統，像夢魔一樣糾纏著活人的頭腦」（馬克思《路易‧波拿巴的霧月十八日》，《馬克思恩格斯選集》第一卷，人民出版社 1972 年版，第 603 頁）的表現，而不能因此否認其爲「創造」。這正如黃庭堅的詩，縱然「奪胎換骨」「點鐵成金」，但詩界仍以其與東坡並稱「蘇黃」；王實甫《西廂記》故事大略全用《鶯鶯傳》與《董西廂》，乃至有「實甫之傳，本於解元」（徐復祚《曲律》），「王實甫全依董解元」（焦循《劇說》）之說，但《錄鬼簿》仍盛稱其「《西廂記》，天下奪魁」，是應當從全篇看，不可僅以細節論。縱然文學創作也是「細節決定成敗」，但是除了「四大奇書」的「細節」其實也以創新爲多之外，更重要是我以爲主旨決定面貌，構思決定屬性。在這個意義上，「四大奇書」各以其主旨的新穎與構思的獨特而自成佳創。何況《三國志通俗演義》本爲歷史小說，豈可以離開歷史上傳下來的資料而憑空捏造！所以，「四大奇書」都是富於個性的文人創作，而《三

國志通俗演義》是我國第一部文人獨立創作的長篇小說。

如上所論雖然主要是爲了說明我長期以來對從考據看「四大奇書」成書過程之「世代累積成書說」所懷的一點疑惑，但也是爲了進一步說明，羅貫中《三國志通俗演義》作爲我國文人個人創作的第一部長篇小說，同時還是我國第一部受到學者、評點家關注的章回小說。這要從《三國志通俗演義》今見最早的刻本明嘉靖壬午本正文的注說起。這些注的數量不多，今學者稱「小字注」。有人以爲是作者自注，其實未必。一是古代做詩或有自注，而小說不比詩有字數用韻的限制，可以隨意抒寫，無事不可以在正文中得到充分的表達，不必用注；二是羅貫中爲《三國志通俗演義》，虛虛實實，本不是爲了傳達確切的歷史知識，也不需要作注。所以，研究者倘不欲鑽牛角尖深求而失諸僞的話，那麼根據歷史上前人著作一般係後人作注的通則而可一望而知，《三國志通俗演義》小字注之注人、注地、注音、注義、注典故，均後世讀者所爲。

這可以從某些「小字注」之注文得到證明。例如有顯然係作者所不必爲者：卷之一《呂布刺殺丁建陽》寫蔡邕爲董卓所重用，「三日之間，周歷三臺」，小字注曰：「先補侍御史，又轉侍書御史，遷尙書。」作者倘以爲此注文之內容不可或缺，則完全可以在正文一直寫出，又何必自找麻煩呢？又有顯然係作者所不可能爲者：同卷《曹孟德謀殺董卓》寫「操曰：『寧使我負天下人，休教天下人負我。』陳宮默然。曹操說出這兩句話，教萬代人罵。」句中「陳宮默然」下有小字注曰：「後晉桓溫說：『兩句言語，教萬代人罵道是：雖不流芳百世，亦可以遺臭萬年。』」從注文內容爲釋「兩句言語，教萬代人罵」看，其出現的位置無疑應該是正文「曹操說出這兩句話，教萬代人罵」之後，如果是作者自爲，斷不會置於其前。而且如果是作者自爲，則他既已把話說到了「教萬代人罵」，何不一直把罵了什麼也寫出來，而非要另外加此一注出之，又置注文於不當出現之處呢？又有顯然不似作者聲口者：卷之九《張益德據水斷橋》於「子龍大叫曰：『益德援我！』」下有曰：「援者，人皆曰子龍求救於益德，懦也。不然。子龍在軍中殺了一日一夜，方才得脫，便是鐵人鐵馬，到此亦困矣，見自家之人，安得不求救也？何懦之有！」這裡是就「人皆曰」發表不同意見，一般說不會出自作者之口，而應當是讀者對讀者的批評。總之，這些所謂「小字注」只能是出自後人之手，是後之學問家閱讀自寫其識見。

以上說《三國志通俗演義》小字注爲後世讀者所爲，是說這部書在其抄本流傳的過程中，就已經有人作注了。但我們只認其爲單純的作注恐怕還不夠全面，因爲所謂注文中確有些並非不可以認爲是評語或包含有評之成分的話。如卷之八《劉玄德三顧茅廬》「徽笑曰：『汝既去便罷，又惹他出來嘔血也！』」句下有曰：「此是司馬徽先見之明也，便知孔明肯盡心事其主也。」這是評司馬徽，也評孔明；又上引卷之九《張益德據水斷橋》於「子龍大叫曰」條，就「人皆曰」所發表不同意見實是評趙云「不懦」；又卷之十二《許褚大戰馬孟起》「超疑是許褚，乃揚鞭而問曰：『聞汝軍中有虎侯者，安在？』」下有曰：「不稱『虎癡』，而稱虎侯者，美稱也。揭出原文所寫馬超對許褚武藝的欣賞之情；還有卷之二十二《孫峻謀殺諸葛恪》「乃武衛將軍孫峻也」句下有曰：「此是峻見恪有疑色，用其言穩之。恪不疑。」這裡在疏通原文脈絡的同時，也揭出了孫峻用計之深細。如此等等，都不僅釋注文義，而且對相關人物、情節作有簡略品評。儘管「小字注」中這類品評性或帶有品評性的文字數量有限，但如上舉諸例，已足使我們對「小字注」的文本性質能有更新的看法，即它在一定程度上可以看作是《三國志通俗演義》評點的濫觴。這比李贄、葉晝等人的小說評點要早得多。這也就是說，雖然所謂「小字注」總體還說不上是自覺的小說評點，但它的「小字」的形式與部分內容確實是在評點這部小說，在這個意義上《三國志通俗演義》是我國古代長篇小說第一部評點本。

在上述《三國志通俗演義》所謂「小字注」之評點的濫觴之後，對《三國志通俗演義》作系統評點的葉晝託名李贄的《李卓吾先生批評三國志》。這部書除夾寫了大量的評語之外，還把原本的二十四卷二百四十則合成爲不分卷的一百二十回。葉晝的評點使《三國演義》第一次得有全面的批評，也提出了不少新鮮有價值的見解；但他於《三國演義》的閱讀與傳播最大的貢獻，卻是使百二十回成爲了《三國演義》後世至今通行的定本，而對《三國演義》的閱讀與傳播進而對古代小說理論建設做出更大貢獻的後繼者則是明末清初的毛宗崗。

毛宗崗是自「小字注」以降《三國演義》評點的集大成者。有關他的研究早已成爲《三國演義》評點與古代小說研究中的一個重要方面，形成並積累了大量論著。這方面具體的情況一言難盡，而這裡只是強調兩點：一是毛宗崗雖在金聖歎之後甚至是打了金聖歎的旗號師法前人作《三國演義》評點，

但金聖歎獨重《水滸傳》，看不上「《西遊》《三國》」，說「這個都不好」(《讀第五才子書法》)，從而毛宗崗實是從總體觀念上跳出了金聖歎的藩籬作小說批評，代表了金聖歎以後小說評點的新方向與新發展，而自張一軍；二是毛宗崗對《三國演義》既評又改，使《三國演義》形成世所謂「毛本」，是《三國演義》成書和傳播史上劃時代的標誌！

這兩點同時表明，《三國演義》的生存世界因有毛宗崗出而大爲不同，從而有關毛宗崗小說批評而實際是《三國演義》批評的研究理所當然地成爲了與原本研究交叉並行的一大課題，而李正學君的《毛宗崗小說批評研究》是這一大課題諸多有價值的研究中出版的第一部專著，從而是此項學術事業中值得祝賀和認眞看待的一件美事！

這是我不能推託爲正學此書作序的理由之一，但是還因爲此書作者站在了前代學者的肩上，因而能夠看得更高更遠。稍微具體說它這方面的特點，一則它是從毛宗崗的生平到批評活動全方位的研究，二則它是對毛宗崗評改《三國演義》所蘊含理論價值的全面系統探討，三則它是既從毛氏的批評文本出發，又注重應用現代文學理論的框架包括某些西方文論的知識進行的頗爲新穎的闡釋。

這三個特點使此書之論述資料豐實，考辨精當，框架合理，體制謹嚴，視野廣闊，見多新穎，識有深微，是進一步研究的必要的參考，某些方面還可以說是新的起點。

正學君此書之寫成，實本於他的博士論文，而他的讀博士與學位論文的寫作也略有點「戲劇性」，應該記在這裡。

正學君讀大學本科時曾經聽過我的課，但不記得那時有過直接的交往。2002 年我輾轉來濟南教書，翌年而因學科建設需要偶得系列爲文藝學專業博士生導師，但當年沒有招生；又過一年即 2004 年在又將無學生可帶的情況下得一位領導的特別關照招收了一名博士生，即李正學君。那是他從天津古代小說研究生畢業獲得碩士學位後參加工作不久，而我也是自 2002 年被評定可以指導古代文學博士生後又轉爲指導文藝學博士生以來的第一次招生，師生分合，再續前緣，眞可以說是幸事！加以正學於學術研究天分甚好，學習很努力，頗有做成些事的抱負，所以在學位論文選題的時候，我鑒於當時網絡社會包括網絡文藝的形成已初見端倪，向他提議是否可以做《網絡美學》，而正學在經過一番查閱資料和鄭重思考後欣然同意，並反覆擬定了《開題報

告》。卻不料拿到論證會上，被某專家當頭喝斷，後來就只好選了這本書的前身的題目《毛宗崗小說理論研究》，去做他的博士學位論文了。此事雖數易寒暑，但當年情景，至今仍記憶猶新。並堅持認爲，正是由於那個題目當時連老專家都還不曾研究過，所以才既是新一代學者應當嘗試的一個更好的題目，也是隨後做出來可能更有價值，因而很可能是最好的題目，應該放手並支持年輕人去嘗試。——那至少比不能從原文閱讀而研究外國的什麼理論，更切實際一些吧！

但自正學以後，我就只在古代文學專業招生，他也成了我所指導的唯一的文藝學專業博士生，還只是寫論文而沒有被安排上過課的。雖然如此，我們在平時關於他論文寫作與其他學術問題的討論中，仍然有令人滿意的交流。其間正學認眞執著的精神與總能穎然而悟的聰慧，給我留下深刻的印象，至今是美好的回憶。也正是靠了這種精神與聰慧，正學沒有因不得不棄他當時心愛的題目轉而研究毛宗崗小說理論受到任何影響，讀博士的三年中，不僅順利完成論文寫作和通過答辯，還發表了十幾篇學術論文，編著並出版了一部書。同時這部以博士論文爲基礎的書的出版，也使今天看來當年改爲此題，雖然有理由感到不快，但結果證明還是一個不錯的選擇！還不必說到人之有才力固無所不可使，這仍然成爲了正學展示其努力與才華的地方。

因此之故，當時也使我對他適應學術環境的能力和將來一定會更快進步有了充分的信心。這本書在正學獲得博士學位後，到洛陽任教不到兩年中繁重的教學之餘，從博士論文的基礎作了較大的增改，能夠很快出版，就是我對正學所抱有信心之可靠的證明。是的，儘管如本書還有某些可議之處所顯示的，正學的治學之路需要更加紮實前行，還不免仍舊會遭遇曲折，但他將不負所學，與諸賢並驅爭先，做出更大成績，卻一定是可以期待的。

（二〇〇九年十一月二十三日寫於泉城歷下）

宋文翠《兒童文學概論》序

世界上有一種人就有一種文學，有一種文學就有一種研究，以擔負起對這種文學的學術責任。宋文翠《兒童文學概論》就是一部意圖為兒童文學擔起學術責任的書，值得一讀和向讀者作出我個人的介紹。

這是一部及時的書。因為，雖然兒童是成人的希望，民族的未來，成人所做的一切，都可以說是為了孩子，但是，在由一個成人——主要是男性成人——所主導的家庭、學校或社會中，兒童卻是一個弱勢群體。這從當今任何一個文明國度裏，都還不免要把兒童與婦女並舉，專門立法定為保護對象，就可以看得出來。這一現實在文學及其理論概念上的反映，就是沒有「男性文學」而有「女性文學」，沒有「成人文學」而有「兒童文學」。從而女性文學研究，雖然時或顯得熱鬧，但到底也還沒能頂起文學研究的「半邊天」；兒童文學及其研究更不如女性文學，不僅從來沒有熱鬧過，而且與日常生活中對兒童的某些過度關愛成鮮明對比，一般文學概論甚至不怎麼提到，有關的研究論著也屈指可數，成了文學研究中幾乎是最寂寞的一角。當此之際，宋文翠《兒童文學概論》的加入，對於長期「缺醫少藥」的兒童文學來，自然是非常必要，十分及時的。它至少有助於喚起社會特別是成人對兒童文學的注意，並且給從事兒童文學教學與研究的學者一個新的參考，新的振奮。

這又是一部有特色的書。與上述兒童文學研究比較女性文學更加冷清相聯繫，我以為這部書一個天然的特色，就是其對兒童文學同情、體貼、細緻的研究態度與表達風格。作者是一位高校女教師，曾長期從事中學教學，後來讀研究生，專攻古典文學。學有所成之後，又轉而致力於兒童文學教育，多年從事兒童文學的教學與研究。她自身的特點，決定了這部書的特色。具

體說，以其爲女性，是母親，所以能對兒童有更體貼入微的同情；以其曾專攻古典文學，從而有對兒童文學作史的考察與文體鑒識上經驗與方法的方便；以其曾長期從事中學教學有與低齡人群息息相通的閱歷，從而對兒童文學容易有深入的體驗……。當然，以中國之大，有這樣條件的兒童文學教師肯定不僅本書作者一人。但是，我就眼見爲實說話，就只有她不止於以此生活與學習的閱歷爲背景從事兒童文學的教學與研究，而且有心創造，立志著書，積數年之深思與苦功，寫下這一部《兒童文學概論》，這部書也就可說是得天獨厚了。至於其「厚」在何處和其「厚」如何，讀者自會有具體的瞭解，不必說了。

當然，作爲一部兒童文學教材，這更是一部適用的書。首先是內容充實，舉凡兒童文學全面的和各體各類的淵源、發展、代表性作家及其作品的內容與特色等等，不僅都程度不同地涉及到了，而且博採眾家之論，斷以己見，多有自己的發明，所謂「言有物」也；其次是體例簡當。它沒有採用一般概論僅就大略而言，深究其理而時或不免空洞的體式，而是以分體研究概說加例文賞析的設計編撰而成。雖然這種體例的每一具體方面都有取法前人的地方，但合而爲一部兒童文學理論著作的框架結構，還是不多見的。其好處是實事求是，適應我國自「五四」以來兒童文學的閱讀與接受往往分門別類的傳統，和當今高校教學中史論與作品賞析往往合一的要求，使全書整體與部分，綱目清晰，秩序井然，所謂「言有序」也；最後是語言平易，行文自然，讀來覺事理人情，自然入心，就不僅有用，而且好看，既宜於做教材，又適合於一般閱讀的了。

總之，這是一部及時又有特色的適用之書。相信喜歡兒童文學的讀者，此書在手，可以就其所好，知歷史，明門徑，見得失，有借鑒，得極大的方便；而對於從事兒童文學教學與研究的專家讀者來說，自然是又多了一部參考，是大好事。所以，我雖然沒能夠有從事兒童文學教育的榮幸，但仍然爲這部書稿的即將出版感到高興；又大致瀏覽了全稿，讀了若干片斷，覺得很受益。從而作者因當年曾從我有一段讀碩士交往的緣故，請我寫序，也就不便推辭，寫下如上可能是外行的話。

我這個人與這些話，肯定都不足爲本書的藉重，那也不是作者與本書所需要的。但本書異日流行，讀者能因此知道文翠之作欲我先讀的尊重之意，與我一個教書和做研究時間更長一些的人，眼見新一代學者迅速成長，正在

以其尚顯柔弱的肩，擔當起文學研究的一份責任而感到的欣慰與喜悅，起於心而著於文，留爲紀念，也是好的。是爲序。

（原載宋文翠《兒童文學概論》，山東人民出版社 2010 年版）

李小芹《教壇筆耕十年》序

　　這是李小芹女士的第一本書，是她近十年來所見所聞、所思所感隨筆文字的結集。說創作似有些沉重，因為文字的內容都是她親身經歷過的，少量是當下生活的速記，大都屬於回憶，是對過往歲月的品味與咀嚼。這樣的文字，為往歲留影，為個人「存檔」，每個人都可以而且應該做的，卻很少人能夠想到並且做出來，大概是因為太過於忙碌的緣故。

　　人生難得過百歲，太多的人，幾十年中忙忙衣食，碌碌世事，日常眼中、心上、手裏，無非現在。但「現在」轉瞬即逝，前程未卜，過去的「我」，卻早成雲煙，豈非過一天少一天？所以留住歲月例如青春的法子，除了攝影與錄像之外，最傳統而又最可能永久的，就只有如小芹女士寫下這樣一本書了！

　　這是一個平凡女子的一本寫她平凡生活的書。但即使隨意瀏覽之下，也可以發現她與她的這本書其實有點不平凡。她才而立之年稍過，絕對是新社會成長起來的新一代，但她的根卻扎在一個當地曾經是百年書香門第的望族，祖上有人做過地方官，幾代刻印版畫，還是京劇世家。更可以驚異的是，這樣一箇舊家的流風餘韻，雖歷經幾度風雨，但到她出生以後的上世紀七八十年代，竟還能夠氤氳未斷。所以她自幼除在校讀書之外，還有幸「跟著一位綽號『老兔』的本家祖父背書」，考證戲文（《看戲》）；向一位在上個世紀初曾經留學英國獲比較文學學位的華奶奶學習詩詞古文（《苦楝子》）；讀過外祖家一位敗退到海島上的將軍垂老寫給大陸親人血淚交融的家信（《思念》）……。這些，都不止培養了她對古典文學的濃厚興趣，而且不知不覺中遺傳給了她這個家族的那些人的氣質。加以她的勤奮好學，有數百篇詩古文辭常在胸中，還能夠背誦《四郎探母》《鎖麟囊》那樣長的多部京劇戲文，這

就使她在同一代人中顯然與眾不同。

於是我明白她為什麼說自己的性格「執拗古怪」（《在 XJ 的一年》）了！自然，她也讀了大學，還讀了研究生，但她大概是嫌麻煩，沒有拿這些文憑找門路去換一個更好一點的飯碗。所以雖然她也有上班與家務，並且總能做得很好，但她不屬於大多數忙忙碌碌的人，能夠把許多常人可能夜費心機、日施手段的精力用於沉湎以往的回憶，對生活有清醒而敏銳的感觸，並且持之以恒地筆之於文。十年下來，集為本書，某種程度上正是從她的「執拗古怪」中來的。而小芹女士生長於淄博，誠古齊之後人也，加以自幼國學的薰陶，她的第一本書以《追夢少年時》打頭，以《齊國女子傳奇》和《默想〈中國文學史〉》收梢，不也是頗寫意的嗎？

小芹此書的文筆，於女性的樸拙中偶見奇氣，自然的揮灑中微顯稚嫩，淡雅的情調中略帶憂鬱，大體在有意無意、似詩似文之間，為性情中人隨意揮灑的性情之文。從而我們讀來，能感到她似乎並不太在意是否會有人讀和誰會讀她，而只任回憶與感受把無盡的思緒引向遠方，一路上是各種各樣美麗的花草，令人悲喜難名的人間世象，瞬息間又匯為一束如露又如電、如夢又如幻一般逝去的生命的光影！這光影是那樣地平淡而又絢麗，孤獨而又豐盈，如月中嫦娥，凌波飛仙，倏忽而來，飄然而去，且遠且近，如送如迎！

書如其人，一個人就是一個世界！此何人哉？豈非小芹用她的憶想與文字的魔法重構的她的世界？

我不能知，讀者當自知之！

2010 年 1 月 14 日

（原載李小芹《教壇筆耕十年》，光明日報出版社 2010 年版）

《羅貫中與〈三國演義〉〈水滸傳〉國際學術研討會論文集》序

　　「東原羅貫中」是《三國演義》《水滸傳》等多部長篇小說的作者或主要作者。這是明清以來多數學者認可的事實，但歷來《三國演義》《水滸傳》的研究基本上是各自獨立不相干涉。其突出表現之一，就是近 30 年來，《三國演義》與《水滸傳》的研究，各有過不下數十次各種形式的學術會議，但從來沒有把羅貫中與兩部書合爲一會進行討論的。有之，則自山東省古典文學學會與東平縣人民政府於 2006 年 8 月在山東東平召開的「羅貫中與《三國演義》《水滸傳》國際學術研討會」。

　　那次會議後出版了論文集，開啓了以《三國演義》《水滸傳》爲代表的羅貫中小說研究的新思路，於是 5 年之後，又有了山東省古典文學學會與東平縣人民政府於 2011 年 9 月在山東東平召開的第二屆「羅貫中與《三國演義》《水滸傳》學術研討會」。這次會議的論文集也即將付梓。這使我們有理由相信，以《三國演義》《水滸傳》爲代表的羅貫中小說研究已逐漸形成一個新的課題，而「羅學」的成立，已經不甚遙遠了！

　　我所謂「羅學」是指研究羅貫中及其小說的學問。具體說應該包括以下幾個方面：

　　一是羅貫中家世、籍貫、生平與創作研究。魯迅先生說：「（一）羅是元朝人，（二）確有其人，而不是某作者的化名。」（1936 年 10 月 5 日在答日本增田涉的信）但包括其確切生活年代在內，羅貫中家世、生平等事蹟的撲朔迷離和渺茫難尋，恐不下於後來的曹雪芹和莎士比亞，是應該有進一步深入

研究的；

　　二是羅貫中小說《三國演義》《水滸傳》《三遂平妖傳》《隋唐兩朝志傳》《殘唐五代史演義傳》等書的個案、比較或總體的研究；

　　三是羅貫中及其小說的歷史地位與文學影響的研究；

　　四是羅貫中小說傳播、接受等的社會影響研究。

　　總之，「東原羅貫中」是中國最早、作品最多的長篇小說家，其在中國與世界歷史上的地位與影響，筆者曾概括爲兩聯云：

　　　　承堯舜周孔大道小說通俗堪稱聖

　　　　接屈宋馬班文章奇書創體立新宗

　　　　至聖尼山孔夫子

　　　　大賢東原羅貫中

這就是說，「羅學」雖本小說，但其意義或將超越小說研究。因爲事實上，羅貫中以其流行廣泛的《三國演義》《水滸傳》等書強烈的思想性、政治性內容，極大地參預了近六七百年來中國乃至世界歷史的進程，實爲孔子之後中國古代影響最大而最悠久的一位「奇人」和大思想家，而他的《三國演義》《水滸傳》作爲「四大奇書」中最早的兩部，則是「奇書」中之「奇書」！

　　因此之故，這本論文集的出版雖然主要是爲 2011 年的東平羅貫中《三國演義》《水滸傳》學術研討會議畫一個圓滿的句號，爲更多的研究者提供參考，但其意義也還在證明，以《三國演義》《水滸傳》合爲一會所開創的羅貫中小說研究爲中心課題的「羅學」已經初步形成。據說近日在山西召開的羅貫中《三國演義》學術會議上，已有著名學者就建立「羅學」作重要闡述。這是有遠見的！也可見學術大勢，人同此心，心同此理，吾道不孤，幸甚至哉！

　　至於本論文集的內容，已有王平教授的綜述文在，讀者自可參考，茲不贅言。而謹以此集出版所可能昭示「羅學」之成立爲說，敬以爲序。

2011 年 10 月 31 日

（原載《羅貫中與〈三國演義〉〈水滸傳〉國際學術研討會論文集》，

中國出版社 2011 年版）

劉碩偉《文心雕龍箋繹》序

　　劉碩偉博士的《文心雕龍箋繹》就要出版了，邀我作序。我於「龍學」雖然沒有研究，但碩偉來這裡做博士後年餘，學業有成，出站之際，也正有些臨別的話要說，所以很高興地答應下來。

　　中國古代文學作品浩如煙海，門類眾多，經典林立，難說哪一家哪一部書是真正的代表。而中國古代文學理論著作雖然也甚多，但「體大而慮周」，堪稱包羅萬象而足為代表作者，卻只有《文心雕龍》一書。因此，近世古代文學研究中，於創作方面研究有諸如「詩經學」「楚辭學」「杜詩學」「紅學」等「顯學」眾多不同，文論研究中以一家一書稱名的，就只有《文心雕龍》的研究曰「龍學」。因此，「龍學」匯聚了古代文論研究中最多的學人，如章太炎、黃侃、范文瀾、周振甫、王利器、詹鍈、楊明照、陸侃如、張光年、王元化、吳林伯、牟世金、黃霖、戚良德等等，皆稱「龍學」名家。而碩偉博士踵武諸賢，嶄露頭角，堪稱新秀焉！

　　《文心雕龍》的作者劉勰是南朝梁東莞莒人，即今山東日照市莒縣人。所以山東是劉勰與《文心雕龍》的故鄉，山東學者自然更多關心劉勰與《文心雕龍》的研究。上面提到的陸侃如、牟世金、戚良德就都是山東大學的教授。而莒縣舊屬臨沂，碩偉也是臨沂人，今在臨沂大學從事研究工作，可說是劉勰的鄉後學。碩偉早在臨沂讀書的中學時代即愛好《文心雕龍》，又幾年前在山東大學師從著名博士生導師徐傳武教授治六朝文學，同時有了這部《文心雕龍箋繹》。這些看來並不甚相干的方面，綜合給我一個印象，即碩偉於「龍學」有特殊的緣分，他能有這部書，既因天賦，也是學有淵源。

　　一年多來，我與碩偉博士交流，深知他於學術涉獵較廣，而作為「龍學」

後起之秀，轉益多師，必以對前人最好的學習與繼承，決非亦步亦趨，而是在前人止步的地方向前開闢或別闢蹊徑。他的這部《文心雕龍箋繹》（以下簡稱《箋繹》）所以稱「箋」與「繹」，就是表示與一般只集中精力於注譯之作不同，是一部重在攝要與深求的力圖開拓新域的別闢蹊徑之作。而我略讀此書，深信其除了知識的全面與正確性之外，至少在兩個方面不同於或說超越了前人：

一是《文心雕龍》體天地之道而爲文，本「大衍之數」之用而成書，凡所論述，皆自具架構，邏輯精嚴，故《箋繹》每篇，都揭示其結構，以圖表出之，這無疑方便了讀者對每篇內容總體的把握進而有助於具體文句意義的考量；

二是鑒於《文心雕龍》以駢體爲論文，個別字句意義的表達或有欠餘，難得準確把握，故《箋繹》於「箋注」之下，繼以「繹意」，即在確解原文字義的基礎上，將一般理解中原文似無而實有或似偏而實全的「文意」發明出來，使在更高的層次上還原作者的本義。

這些工作難度甚大，所以作者用功甚巨，而創獲良多。其結果無疑縮短了讀者與《文心雕龍》文本的距離，推進了「龍學」的研究，是對學術切實有用的貢獻！

當然，「龍學」方興未艾，碩偉的研究也剛剛起步，本書有待完善之處，必將隨其出版發行而得到「龍學」讀者的批評指正，這裡不再一一指出。而作爲碩偉負笈求學最「後」一站的朋友，我在祝賀此書出版的同時，想到臨沂爲古琅琊之郡，地靈人傑，不僅是「龍學」的源頭，還是諸葛亮、王羲之等聖賢的故鄉，至今仍是學者輩出的地方。如臨沂大學（原臨沂師範學院）已故王汝濤教授，兼擅創作與研究，著作等身，實爲大家。碩偉生爲琅琊後學，好古敏求，文筆優雅，今攜其厚重之作，榮歸故里，得與諸師友共事研究工作，是他之幸，也使我放心而且高興。因於篇末，衷心祝願碩偉安心學問名區，從容求之，持續努力，做出更多更大的成績！

是爲序。

2011 年 10 月 30 日

（劉碩偉《文心雕龍箋繹》，線裝書局 2012 年版）

王夕河《〈紅樓夢〉原本文字揭秘》序

　　山東諸城學者王夕河君，自號「金學迷」，以二十年心力研究《金瓶梅》，新近出版《〈金瓶梅〉原版文字揭秘》一書，洋洋灑灑，達 65 萬字，同時有《紅樓夢》《西遊記》《水滸傳》等書「揭秘」初稿在陸續整理寫定中。

　　夕河君從事學術研究，厚積薄發，異軍突起，頗有可關注之處。所以我先曾應邀參加過他的《〈金瓶梅〉原版文字揭秘》一書出版的座談會，並發言讚賞。現在他又有《〈紅樓夢〉原本文字揭秘》一書要出版了，囑為作序，我理解也就是給讀者介紹一下他這部新作的意思。這應該是表現一個年長一些的人樂於助人的機會，不見得非謙虛到堅決推託了不可，所以也就有些為難地答應下來。卻轉思我既不是「紅學」家，又認識不久，於他的《紅樓夢》研究知之有限，對這部新作的介紹，也就很可能只是粗讀之下的一些感受了。

　　夕河君與其前作《〈金瓶梅〉原版文字揭秘》探討《金瓶梅》「原版」面貌的用心如一，此書的目標乃在揭秘《紅樓夢》「原本」的眞相，具體說是考證現存抄寫時間最早的《紅樓夢》甲戌本「才是最接近曹雪芹文字原貌的本子……最值得寶貴」。而與前作以逐回摘句校注成書的方式不同，此書實為現存《紅樓夢》甲戌本的一個完整校注，乃以「校注」方式申明此甲戌本最接近曹雪芹原作。但兩書都從方言俗語考論入手的方式，以及所遵循作者自創的「借音字說」原則，卻是一以貫之，或說一脈相承的。

　　夕河君以《〈金瓶梅〉原版文字揭秘》的經驗推至於《紅樓夢》甲戌本的研究，認為舊、新「紅學」某些學者由於不諳《紅樓夢》中所用方言俗語，有關甲戌本文字的校注不少是錯誤的；他們在誤改、誤刪、誤補或誤釋之餘，以為甲戌本只是一個質量不高的後抄本，也是錯誤的，而原本文字眞正的錯誤並不如近今校注本所列的那樣多。近今校注本所認為甲戌本原文的種種所

謂錯誤，其實多屬應用方言俗語的語言特色，有的還是其文學描寫的精彩之處。某些學者以今例古，看朱成碧，妄下雌黃，不僅把甲戌本改壞了，注錯了，還進一步誤以甲戌本爲後出的抄本，從而淆亂了《紅樓夢》抄本的譜系，誤導了「紅學」的發展。

夕河君由揭秘《金瓶梅》而移至於揭秘《紅樓夢》甲戌本原本文字的原則，主要就是他所首創的古代通俗小說校注的「借音字說」。此說即在夕河君看來，「中國古代小說的抄本或印本文字雖有錯訛，但數量極少。古典小說特別是明清小說中多使用『借音字』，這很容易使歷代校者產生誤讀，他們常以形誤字或音誤字待之」，而一旦作「借音字」看待，就可以知道原作某些看似錯訛的文字，其實只是用了後人已經難懂的方言俗語，本來是正確的，還多精妙傳神。從夕河君對有關《金瓶梅》《紅樓夢》兩書近今校注本大量的指誤摘謬看來，這確實是一個值得重視的問題；因此有損原書，也貽誤讀者，亟待專家學者，能以尊重、同情、求解和勇於闕疑的科學態度與良好學風，而不是簡單地以今例古，妄加裁處，對以若干名著爲代表通俗小說文本做新的校注，也確實是一個很現實的問題。夕河君二十餘年所致力的，正是這樣一項工作。讀者能看到的，是他繼《〈金瓶梅〉原版文字揭秘》之後推出的這部《〈紅樓夢〉原本文字揭秘》，又提供了許多精彩的釋例，確證了作者所謂「借音字說」，不僅有相當的合理性，還有更廣泛應用的可能性。而夕河君的這部《紅樓夢》甲戌本校注，也因此成爲當今諸校注本中對原本尊重、同情與理解最多也就是改動最少的本子。換句話說，這是一部最大限度保留和恢復了甲戌本原貌的校注本，它的出版將爲「紅學」提供新的參考，受到讀者的歡迎，是可以相信的。當然，書也不可能是完美的，我同樣相信夕河君願以此請教於學界特別是「紅學」界的專家，成爲「紅學」中人。

夕河君現爲諸城市教育局專職研究人員，正當年富力強，卻包括本書在內，已出與將出學術著作多部，成就斐然，可喜可賀。但古人云學無止境，從而學者既要腳踏實地，又應志存高遠。我接觸夕河君雖然不多，但已經感覺他是一位既現實而又富於理想的年輕學者。因此，有理由期待他循此更進，在學術上更加成熟，更多貢獻。

感受而已，敬以爲序。

2012 年 11 月 28 日

（原載王夕河《〈紅樓夢〉原本文字揭秘》，合肥工業大學出版社 2013 年版）

張同勝《〈西遊記〉與西域文化》序

　　顧名思義，張同勝博士《〈西遊記〉與西域文化》一書所開啓是他對《西遊記》一書的「尋根」之旅。這是一項前人作始而至今未竟的探索，將來也一定還會有人去做，作者當亦不會止步於此。所以此書的即將出版，也就是同勝博士的加入，就成爲這一探索中承前啓後的一個新的存在，並且很可能是一個動態的新的存在。這就不能不引起相關學者的注意，而作者雅意邀我作序，也就不便十分推託了。

　　這主要是因爲近年來我也寫過若干研究《西遊記》的文章，其中如《孫悟空「籍貫」「故里」考論》《〈西遊記〉與泰山關係考論》等篇，也屬《西遊記》「尋根」之作。唯是比較本書「探討《西遊記》與『大西域』文化之間的關係」的向「西」看，我的「尋根」卻是向「東」看。同勝博士 2008 年來就我做博士後合作研究時，我向「東」看的《西遊記》「尋根」興已闌珊，而他當時似乎還不多投入《西遊記》的研究。但年餘之後，他的出站報告就是這部書的初稿，開啓了他向「西」看的《西遊記》「尋根」之旅。初稿當時得到出站報告評委的一致讚賞，後經修改補充而成爲現在這部書，是同勝博士爲《西遊記》「尋根」作出的一大有益的貢獻，其將嘉惠學林，令人欣喜！而作者獨立探索的精神，尤使我由衷地感到高興。

　　雖然我仍舊認爲，正如《西遊記》的人物、故事不過神魔其表，人情其裏，其眞正的淵源也至多是半在西域而半在東土，甚至是枝葉在西域，根幹在東土，乃西域神魔面而東土中國心的一部書。所以比較《西遊記》「尋根」的向「西」看，我是更多寄望於向「東」看的。但我不去做向「西」看的研究卻還有另外的原因，即《西遊記》「尋根」迄今至少百年以來一直是向「東」

看的少，向「西」看的多，使當今向「西」看的研究欲後來居上，或哪怕發明少許的新義，都是很困難的事，所以乾脆省些力氣。因此，我一面贊許同勝博士的這一選題，一面也深知其向「西」看的探索，雖有站在前人肩上的便利，卻先要為站到前人肩上付出比向「東」看更大的努力。同勝博士也正是如此。他在博士後研究的半道去地處西北的蘭州大學就職以後，教書和進行其他研究的同時，閱讀參考了古今中外大量《西遊記》「尋根」尤其是其中向「西」看研究的相關資料和著作，在實事求是，斟酌比較，綜合考量的基礎上，獨出心裁，以並不太長的時間撰成此書，誠所謂「看似尋常最崎嶇，成如容易卻艱辛」。由此顯見其治學的勤奮與敏捷，則使我很受鼓舞，頗感欣慰。

我略觀此書，宗旨鮮明，框架合理，正文分為「影響實證研究」「主題學研究」「地理人文學研究」「歷史學研究」等四章，章各若干節不等，從章節標目已可見其研究出入文史，概括中外，涉及堪稱廣博，而全書內容豐富充實，真可謂「言之有物」者，值得重視；而書中具體考論，則東西比較，上下求索，或拈出新題，或補缺糾謬，或引申發揮，而皆斷以己意，多有鮮明個性特色的見解，又可謂「言之有序」和自成一說，值得參考。當然還要提到的是作者對「文獻與想像」的主張，使本書論述時見機智有趣的表達，增加了文本的新意與可讀性，也是一個明顯的優點。

如上所述及，《西遊記》「尋根」之旅迄今已至少百年之久，所涉及古今中外已知與未知的問題極多，而同勝博士加入這一探索的時間不長，所以此書的成就，既顯見作者治學紮實深入的工夫，又標誌其勤奮的精神與敏捷的才華。由此想到 1985 年在秦皇島參加某個會議，與會著名學問家馮其庸先生於講學之隙書贈筆者陸游詩云：「古人學問無遺力，少壯工夫老始成。紙上得來終覺淺，絕知此事在躬行。」並按曰：「放翁此詩可啓治學之道。」而後至 1998 年，先生以 76 歲高齡再上帕米爾高原，於海拔 4700 米的明鐵蓋山口，發現玄奘取經回國的山口古道，做出了當時轟動中外學術界的重大貢獻，可謂西遊「尋根」之表率，「躬行」向「西」之先驅。今馮先生年登九旬，而筆者也早過花甲，近 30 年特別是與聞先生重走玄奘路的壯舉以來，時一念及先生題贈之教，無不感愧並作。今因同勝博士邀寫此序，而敬述先生學行之一二，一則遙為先生壽，二則期以先生學行與同勝博士共勉，願見其在此書之後，能有馮先生再走玄奘路的精神，繼續《西遊記》「尋根」的向「西」之旅，期以歲月，當不止於「西出陽關」，還一定會走得更遠！

2013 年 1 月 13 日

（原載張同勝《〈西遊記〉與西域文化》，中國社會科學出版社 2013 年版）

附　記

　　著名國學大師、紅學家馮其庸（1924 年 2 月 3 日～2017 年 1 月 22 日）
先生是我在中國人民大學讀書時的老師，雖然當時只聽他做過報告和給學生
開會時講話，但因「紅學」事曾有過接觸。我畢業後工作，先生訪問曲阜和
鄒城嶧山，亦曾有幸追陪。後先生爲拙注《小豆棚》題寫書名，亦曾應請爲
東平羅貫中紀念館題寫館名等。此書贈本人陸游詩，以鋼筆題於當時我恰在
手中的《豆棚閒話》（人民文學出版社 1984 年版）一書扉頁。今先生已於本
年初仙逝，從此天人永隔，題贈已成遺訓。乃因此機會，附書影於下，以爲
本文之注，並資紀念和保存：

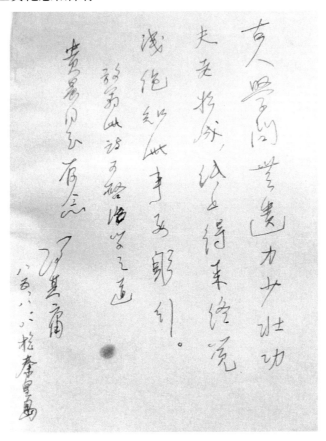

郭雲策主編《東平歷史文化論集》序

　　我認識郭雲策先生，始於 2005 年開始籌辦「羅貫中與《三國演義》《水滸傳》國際學術研討會」。當時他任東平縣委宣傳部副部長、文聯主席，我與濟南的幾位學者向東平縣委宣傳部建議此事，部領導安排他與我們聯繫，漸漸就熟悉起來。由於羅貫中籍貫「太原說」的長期盛行，那時山東包括東平還少有人認可「東原說」即羅貫中是山東東平人，所以那次辦會之初頗費了些說服有關方面的周折。為此，雲策先生拿了拙著《羅貫中與〈三國演義〉》一書，特別是買了袁行霈主編《中國文學史》十餘套，分送有關領導參考，反覆陳說事有可據，在所當行，大有可為，絕不是與人爭什麼文化資源的道理，才終於得到有關領導的認可和進一步的積極支持，確定與山東省古典文學學會共同舉辦上述會議，並在東平全縣大張旗鼓地開發羅貫中與東原文化。

　　那時東平人辦事真是雷厲風行，當年即成立了「羅貫中與東平歷史文化研究會」，第二年 8 月召開「羅貫中與《三國演義》《水滸傳》國際學術研討會」，同時為在縣城平湖廣場樹立的羅貫中、梁楷、安道一、高文秀四大東平文化名人銅像揭幕。這些活動使天下第一次知道羅貫中《三國演義》《水滸傳》原來與東原即東平歷史文化關係如此密切，而在我也見識了雲策先生不計個人得失，一門心思只想為家鄉多做成點事的真正文化人風範！

　　依我一個教書人的理解，雲策先生當年的職務可能只是一個部門的大辦事員，幸好遇上頂頭上司是個「明君」，放手他隨時找縣裏幾位主要領導當面報告請示。而縣委領導又是極開明的，樂於聽取和參考他的意見，所以決策正確而且及時到位，上面提到的包括那次國際會議在內，東平羅貫中與東原文化開發的第一步很成功。這使我想到孔子曰：「施於有政，是亦為政。」雲

策雖然自己並無決定權，但他積極建議，也就成功地「是亦為政」了一次！雖然此後他就因為年齡的原因「退居二線」，但是曾由他既穿針引線又做「馬前卒」的東平羅貫中《三國演義》《水滸傳》文化開發蓬勃開展了起來。至今當年所設想的羅貫中紀念館正在聳起，號稱亞洲最大建構的羅貫中故里「三國」「水滸」牌坊則早已樹立起來，有500餘位藝術家、演員參演的新版《水滸傳》電視劇正在這裡拍攝，將帶著東平的湖光山色走向世界……一切都快速有序地向前推進，振奮之餘，身在「二線」的雲策先生該心滿意足而樂得坐觀其成了吧！

然而不然，雲策本不是只要做官的人，更是一個為家鄉做事閒不住的人。他早年即愛好文藝，寫得優美的散文與詩，以其文學方面的成就，很早就被吸收為中國作家協會會員。這在縣以下的作者中是不多有的，因此他被推舉為泰安市作協副主席，還兼任東平縣攝影家協會主席、縣民間文藝家協會主席、羅貫中與東平歷史文化研究會會長等，是個閒不住和不得閒的人。所以他暫為「大辦事員」離任以後，仍馬不停蹄，輕車熟路地做他所熱愛的東平歷史文化事業。而且因為沒有了實職，少了許多事務與應酬，他為繁榮東平文化事業做事更加專心也更多個人的自由了。所以這幾年來，我除定期收到他主編的每期都精美的《東原文化》等之外，還陸續收到他送我的多部大作，計有《歷代東平州志集校》《東平六十年書法、美術、攝影、民間藝術作品選》《東平六十年文學作品選》等。諸書各為硬面精裝，煌煌巨冊，使我大半生與書打交道的人，也不能不感到意外而有些震驚！

我所感到意外而有些震驚的，一是雲策先生年近六十，實已不算年輕，又是「二線」上人，尚有如此雄心壯志；二是雲策先生在東平，雖然從來未登高位，今又已經退休，但能以東平文化大業為己任，集為諸書以存鄉邦文獻的見識，卻如此高明而且堅定；三是雲策先生當時月薪僅千餘元，按我所在省城的標準僅能糊口，而出書耗資巨大，實所難為；四是六十年中人代冥滅，文獻飄零，其何以搜羅勾致，彙為典冊？總之，編纂出版這樣的大書是難能的，不是人所都願意為此吃苦受累和想做就做得了的，而願為又能做成此事者，捨雲策先生，而又其誰耶！

共和國六十一年五月八日歲在庚寅，我與山東大學周峰教授應雲策先生之邀造訪東平縣斑鳩鎮新建水滸大寨。寨在東平湖西六工山上，時當初夏，自湖東縣城驅車繞行數里，復捨車登舟，浮飛湖上，但見風煙俱靜，碧波連天，舊葦新綠，青山倒映，鳶飛魚躍，美不勝收。正應接不暇間，忽有倚山

高城，迎面而來，近則峰擁崇樓，水照三關，戰船森列，旌旗招展，此水滸寨者，眞偉構之大觀也。原來此爲新拍《水滸傳》而建，當時影片正在攝製中，想此處山水不久將隨《水滸傳》走遍中國，傳向世界，於是不禁感慨東平文化，越數千年至於今而又能崛起者，雖因盛世，亦緣遺脈，乃所謂物華天寶，地靈人傑，造化使之，豈不然乎？

我因此而由衷讚賞雲策先生在數種大編之後，復奮其勇，彙集《東平歷史解讀文庫》，以承傳並弘揚東平歷史文化遺脈的大手筆。而雲策先生亦以此自任，也曾不無沉重地說：想近現代東平文人墨客，多所述作，而日久年湮，風流雲散，今已覆水難收，令人慨歎！深怕這六十年篇籍，後來也落得如此命運！所以雖未必做得好，但不得不趁著還能做些事，勉爲其難，爲歷史盡這一分責任！願得杜先生一序，記其始末，「把歷史……留給後人」！

雲策先生以承傳弘揚東平歷史文化爲己任之唯求爲善鄉邦的精神使我感佩，其身爲基層幹部卻富於文化人的歷史意識更使我動容，乃不敢推託，縷述以上我所知之一二，更就其新編此書略抒管見，大致有三：

一是此編書名《東平歷史解讀文庫》，顧名思義，乃選編歷代有關東平歷史文化的研究評介性文字，所以與上述他前此諸編不同，是一部全面系統解讀東平歷史文化的學術文章彙編。讀者一編在手，可知東平歷史之古老悠久，文化輝煌燦爛；可知東平歷史文化之跌宕起伏與曲折隱微；還可知東平歷史文化在歷代學人心目中的份量與價值，更進一步實爲做人、爲學、治政之龜鑒。具體說其在東平人之對自己家鄉歷史與傳統的認知，是一部可資深造的教科書；其在外地人對東平的瞭解，又不啻入鄉問俗並概觀其精彩的學問手冊。從而此書雖爲東平人而編，實則超越了爲東平一地所有的局限，是有益中國與世界現在與未來的大製作。

二是此編有統有分，有述有論，對東平歷史文化的解讀全面具體而又頗爲深入。論其統則有雲策先生撰寫《東平歷史大事記》與《東平縣歷史沿革》；言其分則有大小兩個層面：大處設上編《百家論壇》與下編《古蹟、人物、事件》，小處是在上、下兩編又各分門別類，得綱舉目張，條分縷析之意。述則崇說歷代名流，揭示歷史事實。論則實事求是，深入探討個中緣由義理。從而此編雖然實際只是一部百年間的有關東平歷史文化研究文獻的彙集，既非出於一時，亦非作於一地，更是成於眾手，但彙爲此編，仍然大體做到了有綱領，有體系，有相對集中的探討，更突出了弘揚東平傳統文化的共性。

此雖基於歷史既成的文獻，但雲策先生編輯有法，也功不可沒。

三是此編所收文章多為名家專論或考證，內容多翔實可靠，程度不同有較高學術價值。作者率多名宿碩儒和文章內容專業的程度，都可由目錄一望而知，從而加強我們對這一部書總體學術價值的信心，相信它不是東平人的自吹自擂，而是一部集百年四方各專業學者研究東平之心力與成就的嚴肅的大製作。

此編有以上三點成就，首先是拜東平歷史文化積澱底蘊深厚之賜，使有得可以研究；其次是百年來各專業學者關注東平歷史文化研究成果的豐富積累，使有得可以彙編；但最後卻同樣重要的，是雲策先生能想到做到特別是搜羅文獻的勤勞，以及發凡起例的周到得體，終能成此一部以專門彙編研究一縣歷史文化為特色的前所未有的大製作。

這很可能是一個創舉，至少是為縣一級研究地方文化提供了一個新的經驗。因此使同在致力於縣級地方歷史文化研究的學者們知道，除了當地的人「自力更生」之外，還可以有雲策先生這種借才異代或異地的「拿來主義」的做法可以一試。這個結果，除了可以使當地歷史文化的開發得益之外，還不枉了四方學者長期有所看顧當地的好意，而在當地當下的文化來說，也是一次很好的對外開放，何樂而不為呢？

我的家鄉寧陽與東平毗鄰，今同屬泰安市。歷史上寧陽還曾經較長時期隸屬於東平，所以外出八百里我與雲策也算得上是親切的老鄉。但我於東平的感情，卻緣於一九六二年上初中時的老校長趙訓庭先生就是東平人。他老人家那一年大概是六十歲，記得我們寫作文《我最敬愛的人》，大都去描畫「年已花甲的老校長，滿頭銀髮」云。他活到九十多歲去世，至今我仍清晰地記得他當年衣衫齊整，身板挺直，每週一踱著方步來到的校會上講話的情景。多年後才知道是孔夫子「己欲利而利人，己欲達而達人」「己所不欲，勿施於人」的話，最早就是從老校長的講話聽來的。他幾乎每次都引用這幾句話，儘管還有其他，但似乎是為了紀念，只有這幾句話在我的印象中與老校長同在。如今我與老校長的鄉後賢雲策先生，成了事業上的同道，學術上的朋友，舊學新知，時有切磋，乃至有了眼下要我為此編寫序的事。雖然我深感不能勝任，但老校長故鄉的事，好朋友吩咐的事，又所關是我也曾研究的東平歷史文化，自然是不能夠拒絕的，於是寫下以上的話。籍此表示我有幸先睹此編的深喜與淺見，和對此編即將出版的祝賀，算作序吧！

（原題《「把歷史……留給後人」》，載《泰山學院學報》2014 年第 1 期）

朱仰東《朱有燉年譜長編》序

　　明周憲王朱有燉（1379～1439）是我國歷史上著名雜劇作家，詩文書畫亦皆卓有成就。錢謙益稱其詩「風華和婉，渢渢乎盛世之音也」（《列朝詩集小傳》），呂天成論推「不作傳奇而作散曲者」之「上品」二十五人，允爲冠冕，贊曰「色天散聖，樂國飛仙。胤出天潢，才分月露」（《曲品》卷上）；《明史》稱其「博學善書」。至於書畫，錢謙益贊其所臨摹「《東書堂集古法帖》，歷代重之」（《列朝詩集小傳》）。《祥符縣志》云：「明周憲王……博學工書古文辭，旁通繪事，而楷、篆尤冠絕一時。」（卷十六）朱謀垔《畫史會要》以其「恭謹好文，兼工書畫，瓶盆中牡丹最有神態」（卷四），等等。其多才多藝，成就斐然，不僅於明代諸王中首屈一指，而且於全明文化也堪稱一流人才。

　　但在朱有燉多方面的文化造詣中，其生前影響最大，身後享譽最高的是雜劇創作。他於元末明初雜劇日漸被新興傳奇劇所取代而趨於衰落的時期，堅持不作傳奇以致力於延續雜劇的傳統，可謂詞曲中好古敏求者。其一生創作雜劇三十餘種，同行作者中數量「最夥」（《萬曆野獲編》卷二十五《塡詞名手》）。這使他在成爲元明間雜劇轉型期主要代表人物的同時，也成爲明人雜劇之「國朝第一作手」（孟稱舜《古今名劇選・小桃紅眉批》）。尤爲難得或說頗爲幸運的是，朱有燉的雜劇歷經近六百年治亂無常世事滄桑卻幾乎全部完好保留至今。這在古代戲曲作者中堪稱異數。

　　朱有燉的文學成就特別是其在明雜劇領域的「明星」地位頗受當時人追捧，乃至「卑視一世」（《明史・李夢陽傳》）的「前七子」領袖李夢陽也作有《汴中元夕》絕句云：「中山孺子倚新妝、趙女燕姬總擅場。齊唱憲王新樂府，

金梁橋上月如霜。」但是，應該由於明清仍延續了前代以詞曲爲「小道」的傳統作怪，《明史·藝文志》既未著錄使朱有燉聲高當代的雜劇和散曲，對其影響遠不如詞曲的詩文也就未置一辭，僅稱其「博學善書」而已。近百年來，古典詞曲雖然受到了重視，但是由於「左」的意識形態影響，論者眞正重視的往往不過是那些反映了重大歷史事變和民生疾苦內容的作品或作家不得意之時的所謂「發憤」之作。而朱有燉以「胤出天潢」的藩王身份，又處在明初文網繁密動輒罹禍的時代，所作雜劇散曲關注更多的妓院江湖，文人風流，目的除了附庸當時的主流意識形態之外，就是勸善懲惡，娛樂人生，從而過去長時期中沒有受到研究者較多的關注。以致雖然曾有近代曲學大師吳梅贊許朱有燉「氣魄才力，亦不亞於關漢卿矣」（吳梅《顧曲麈談》），著名文學史家鄭振鐸稱他爲「偉大作家」（鄭振鐸《文學大綱》），但畢竟風會移人，賢者不免，所以至今研究者不多，更未有朱有燉的全集出版，都是很自然的。筆者所知有關朱有燉的研究專著迄今不過海峽兩岸各有一部，而大陸近三十餘年來發表題含「朱有燉」的各類學術論文不過六十篇左右而已。這顯然與朱有燉的歷史貢獻、地位與影響很不相稱，尤其與他在明雜劇創作中「國朝第一」的聲譽反差過大。

筆者學爲古典文學研究，幾十年來關注較多的依次爲小說、詩歌和提出所謂「文學數理批評」等。但也有時留心戲曲研究的狀況，對朱有燉文學特別是雜劇創作的成就略有所窺，並久爲這項研究「門前冷落車馬稀」的不景氣而暗自遺憾。因此，雖然也知已有學者選朱有燉研究做過博士學位論文，但是仍然認爲再有適當的博士研究生還選他做學位論文，也絕不會是無足夠的話可說。那將既是對朱有燉研究的一個推進和加強，也說不定會因此鍛鍊出又一位研究朱有燉文學的年輕學者，而可期他以來日方長，豈不甚好！這在當時不過偶而一念，卻不料後來居然因緣湊巧。2010 年春，有朱氏仰東自新疆來考並被錄取，從我攻讀中國古代小說戲曲方向博士學位，促成了實現這一小小學術之夢的契機。

朱仰東是山東鄆城人，《水滸傳》所描寫晁蓋、宋江等綠林好漢的老鄉。他的學術大體上也是從發表水滸戲研究論文起步，而朱有燉就正是寫過《黑旋風仗義疏財》和《豹子和尚自還俗》兩部在水滸文學中頗有特點的水滸戲。我所注意到的仰東與水滸和水滸戲進而與朱有燉的這些聯繫，成爲當年我建議他博士學位論文選做朱有燉研究的動因。這部《朱有燉年譜》的初稿就是

他爲撰寫題爲《朱有燉研究》的博士學位論文所編寫，並早在他取得學位之前已承復旦大學黃霖、陳維昭二位教授審編在《中國文學研究》上發表了。但這次作爲專著出版又有了較大充實與修訂，看起來已煥然一新，是仰東數年來勤於朱有燉研究的第一個重要階段性成果。

按年譜是一種特殊體例的人物傳記。其與普通人物傳記的不同，是以傳主即譜主爲中心，以年月爲序，臚述其生平事蹟，並附列以相關資料爲證的一種著作體式。所謂「敘一人之道德、學問、事業，纖細無遺而繫以年月者，謂之年譜」（朱士嘉《中國歷代名人年譜目錄·序》）。年譜之作，一般認爲「肇始於宋代」（吳懷清《李二曲先生年譜·序》），「元明二代，年譜繼有所作，而到清代則得到了極大的發展」（來新夏《近三百年人物年譜知見錄·清人年譜的初步研究（代序）》）。其所以越來越受到學者的重視，實是由於年譜之作，可以補國史、家傳之缺略，可以就幾乎純粹之資料更爲客觀地見譜主一生閱歷成就之詳，因而能給學術研究知人論世作客觀全面地考察以極大方便。清以來學者久慣成習，年譜之作往往成爲近世專門研究某一歷史人物基礎性工作之一，卻又是一件頗爲瑣碎和繁難的工作。仰東當時雖然學術閱歷未深，但爲人腳踏實地，虛心好學，乃深明朱有燉研究親自編撰年譜之重要，更以他的刻苦努力和善於自學而不懼繁難。遂在廣泛搜集資料和大量閱讀摘記的基礎之上，參以他作體例，精心編撰，又幾經修改，撰爲此書的初稿。此誠治學之實基，向道之津梁，標誌了他爲學之誠心正意，已較爲自如地走在了傳統學術研究的正途上。

爲朱有燉生平編年當始於《明史·藝文志》載錄《周憲王年表》。但是，年表尚簡，而不同於年譜之可以纖細不遺，又惜其今已不傳。清朝是編撰年譜的盛期，學者們作了不同時代許多人的年譜，卻沒有朱有燉的。所以直到近今才有趙曉紅博士《朱有燉研究》附錄《朱有燉年譜》的出版，算是開了朱有燉年譜編撰的先河。然而趙《譜》有初創之功，雖成就亦頗可觀，但總體尚有待擴大充實，某些具體細節也還需要進一步推敲。所以仰東此譜後出，不能不力求後來居上。爲此，他圍繞朱有燉的家世生平交遊等，集中一段時間閱讀檢索了大量古籍，隨筆摘記，精心編排，初稿即已增加了不少前人忽略或考索未見的寶貴資料。後來又多次修訂補充，從而使此譜定稿的篇幅大過於趙《譜》和初稿，而內容更加完備，體例也較前完善。因此能夠獨立成書出版，單本流行，既有助於強化讀者對朱有燉其人的注意，也更便於各種

不同需求者的應用。其對於朱有燉研究的補益和推進是顯而易見的。

　　當然，著書難得完美。隨著研究的深入，特別是以後可能有新資料的發現，這部書難免的不足之處也一定會不斷顯露出來，並需要隨時得到作者本人或讀者師友的補正。但那是後話，當下值得慶賀的是在朱有燉研究中，這仍然是排在前幾位的一部最新的著作，還是朱有燉年譜之作至今唯一的單行版本。因此而將對讀者和學術有所幫助，仰東固然勞累之餘而快樂著，我亦因舊有一念之想，今經仰東創造性的努力得到超量的實現而暗自快樂，更因此深信仰東於朱有燉進而古代文學研究來日方長，會做出更大成績。當下的快樂與對仰東未來的信念，使我因仰東之請而願為之序，除了向讀者報告我所知此書的由來之外，也順便記下我作為教書人一段生活的印記。

2014 年 4 月 1 日

（原載朱仰東《朱有燉年譜長編》，蘭州大學出版社 2014 年版）

康建強《中國古典小說意境論》序

　　《中國古典小說意境論》是康建強博士的學位論文。雖然在這之前他已發表過多篇學術文章，但這部書無疑是他迄今用功最多最具代表性的著作，值得向讀者作簡略的介紹。

　　在中國古典文學研究中，相對於作家作品與史或理論的探討，古典小說意境無論在小說學或文學意境理論的研究中都是不多人關注的題目。據我所知，近百年以來，有關這一題目的研究僅限於論文，這部書可能是中國古典小說意境研究迄今唯一的專著。這種不景氣的狀況不能簡單地歸之於古典文學研究者們的偏見或疏忽。原因恐怕更在於一是這個題目的研究既需要對作品與史的深刻瞭解，又需要文藝學和美學理論上紮實的功底，不是很多人都方便來做的；二是在古典文學中，比較以抒情爲主的詩詞曲等，古典小說以寫人敘事勝，讀者專家的關注在彼，「意境」云云似乎不急之務，況且也難以捉摸如佛曰「不可思議」「不可說」，難得形成集中和熱議的話題。由此造成這一課題的研究不多，有之也多是學者就文本個案自說自話，而少有交集，更未見有宏觀概論的專著出版。建強當年來讀博士選擇此題，並以近三年的時間奮力以成，正是由於看到了這方面研究薄弱，也可以說是出於一種學術的濟世心與使命感吧！而在當今學術著作出版大都無利可圖的情況下，臺灣花木蘭文化出版社願意推出這樣一部以窮理盡義爲目標的著作，使其能廣以紙本接受讀者的審閱，則無疑是對建強博士研究工作的肯定，更是對中國學術一個切實的貢獻。作爲建強的博士生導師，三載相長，念念於茲，我自然爲此書的出版感到格外高興，所以應邀而願爲之序。

　　這使我首先想到這部書稿最初成爲建強攻讀博士學位論文的選題，我曾

是很讚賞，也很猶豫。讚賞的是這個題目較大氣，有難度，有價值，又有可持續研究的開闊前景，很可能形成一個有體系性的理論創造；猶豫的是一如上述這個題目所涉的「古典小說意境」之難以捉摸等原因，在作者閱讀和理論準備不足的情況下，很容易走入隔靴搔癢或空說空論、似是而非的學術陷阱或歧途。因此，當時我滿懷希望和不安的心情，一面肯定了建強提出這一選題的學術價值和勇氣，一面通過多次長談，反覆考量其在中國古典小說意境方面閱讀和思考的基礎以及理論上的準備。結果發現他自入校即埋頭苦讀，已經讀了當時能夠找到的幾乎所有探討這一課題的論文以及多種相關論著；又不僅是對這個題目有了較爲精心的準備才提出這一選題，而且他自碩士研究生階段就已經對文學與美學理論有濃厚的興趣。這使我逐漸理解到他提出和堅持這一選題並非做事的魯莽和性格的執拗，並進一步感受到他對論文寫作的成功抱有強烈的信心。事實上當時他就已經有了不少理論上的創想。加以我素來相信一個人對某種創造性工作滿腔熱情的愛好與矢志不渝的追求是走向成功最好的導師，而研究生導師特別是博士生導師於學生學業指導的責任，也不應該是以我爲中心地輕易改變其所學已初步具備的基礎與趨向，而是爲學生服務，盡可能給學生一片自由的天地，就其所學因勢利導，順勢而爲地推進和提高他。基於這樣的心情，我覺得沒有理由一定否決他選做這樣一個乍看似大而無當的選題。後來又經學科組的導師們在與建強幾經問對，這個題目就被確定下來。2012 年 5 月末建強按期博士畢業並順利通過論文答辯授予文學博士學位，證明了當時參加論文開題報告的老師們和本人對這件事的判斷是正確的。同時使我更加明確了這樣一個道理，即使在更需要學術閱歷和積累的古代人文科學研究領域裏，年長的指導者也應該相信年輕人，適當放手讓他們去做自己喜歡的大題目，乃至創造自己的理論體系。

　　這後一點從治學講究謹慎的角度來看可能有點不夠靠譜，卻是近世中國學術界薪火相傳中所最爲缺乏的。這只要看看中國的人文社會科學研究論著出版雖如山堆海積，但是無論哪一領域都鮮有中國學者自己創造的理論和思想就可以知道了。即以文藝研究而論，六十多年來我國流行的文藝理論，除了從外國「拿來」的，哪一說是中國的「國產」？有之，恕我舉如本人曾不自量力地提出並論證過的「文學數理批評」，當然是很不完善的，更夠不上是《陽春》《白雪》，但自信獨創而且有用，所以十幾年來有不少年輕的文學研究者拿去試驗做古典的、現代的或者外國文學研究的論文，但在文學理論界

卻渺無知音，更慘於「和者蓋寡」。所以兩年前偶見有蘇文清、熊英二位學者
發表《「三生萬物"與《哈利·波特·三兄弟的傳說——兼論杜貴晨先生的文學
數理批評》一文（《廣州大學學報（社會科學版）》2012 年第 4 期），附帶表彰
本人的所謂「理論」，就頗有些被「天外來客」光顧的感覺。這個經驗移之於
看待建強的博士論文，就是它通過答辯給我帶來的喜悅並沒有稍減我對此文
所謂「中國古典小說意境的體系建構」能為學術界接受所懷有的憂慮。卻不
料這篇論文在他畢業後不久就能獲有良好聲望的花木蘭文化出版社正式推
出，豈非進一步體現了建強攻讀博士學位的成功，還初步顯示了論文的「體
系建構」有為學術界接受的可能。其接下來的命運，但願比我所謂「文學數
理批評」遭遇會更好一些，如果能夠引出一個關於「中國古典小說意境的體
系建構」討論的新的局面，則建強三年苦讀和中間曾因勞累而一時患病的艱
辛付出，就都也可以無憾矣！

　　這部書最突出的成就也就是其關於「中國古典小說意境」全面系統性的
探討。這本是「中國古典小說意境」研究應有之義，必然之事。但是，正如
本書中也曾顯示或指出，迄今以單篇論文宏觀討論「中國古典小說意境」者
固然有之，但由於篇幅所限等原因，事實上無一能夠真正較為全面系統地討
論「中國古典小說意境」。而大量有關「中國古典小說意境」的研究，除了「多
集中於《紅樓夢》《聊齋誌異》兩部著名文本」而外，均「缺乏對中國古典小
說意境的整體關照」，更未遑「中國古典小說意境的體系建構」。這成為本書
作者對「中國古典小說意境」研究的出發點和心力所注的主要目標。體現於
分章的設計，除了本書《緒論》和第一章《意境與中國古典小說意境》從「意
境」理論以及於「古典小說意境」的追根溯源之外，以下各章所論「中國古
典小說意境」的「成因」「發展」「生成」「型態」四章橫說豎說，大體包括了
這一論題主要和基本的方面。而每章的探討有序展開，各有不同程度的拓展
和層層深入之致。這使全書整體有結構合理、大而嚴謹的特點，當得起是第
一部「中國古典小說意境的體系建構」之作。

　　這本書第二個突出的特點是分析細緻，新見迭出。如其綜論「中國古典
小說意境研究呈現出明顯的薄弱態勢」諸表現，特別是「近 20 年的短暫發展
於 2006 年之後又漸趨衰寂……表現有五」，以及「就意境一詞而言，意與境
之間存在著三種組合關係」，漢魏晉南北朝小說意境表現的「偶發狀態」「表
現的簡單性與潛隱性」「點型與單線型表現形式」等等，縱然不能說完全合乎

實際，但以作者的標準已是盡可能地做到了全面細緻，條分縷析。這顯然需要對所研究有系統深入的把握。至於以「意境是中國古代文學小說創作的最高旨趣」，「是……人的主觀心靈世界與外在客體世界在雙向生發運動過程中有機交融而形成的審美心理圖式」「是一個產生於人類殘酷現實存在狀態與理想生存狀態的對比張力、形成於人『道』之間的雙向運動、以『人道合一』為終極追求因而具有哲學意蘊的美學範疇」等，雖然我並不能完全斷定其是否無所借鑒或一無依傍，並且有的還可以見仁見智，不見得就是確論，但是或在總體或從某一方面看都不失為一種新見，可作為進一步研究有益的參考或相關認識發展的基礎。

當然，相對於題目的宏觀性，這部書的論述雖局部多能具體而細緻，但總體上還偏於簡略，仍有不少亟待結合小說文本與歷史更深入細緻討論求證的地方。但是一方面書不可能是完美的，而建強富有年華，他有關這一課題的研究應該還會繼續。從而這部書值得一讀，還可以期待作者有這方面更新的研究論著出來。是以為序，謹獻為讀者的參考，並記下我與建強有關他論文的一段經歷，祝賀這部書的出版！

二〇一四年七月三十一日序於泉城濟南

（原載康建強《中國古典小說意境論》，臺灣花木蘭文化出版社 2015 年版）

孫琳《〈水滸傳〉續作研究》序

　　孫琳君攻讀文藝學碩士畢業後任教地方高校，多年來教各種課，有各種忙與累，卻清貧自守，無怨無悔，在學術上不懈追求，並終於有了可觀的成就。他繼去年出版了由碩士學位論文擴充而成 20 餘萬字的文藝美學專著《形象嬗變的美學研究》以後，今年又要出版這部也是 20 餘萬字的《〈水滸傳〉續作研究》（以下或簡稱《研究》）。兩年出兩部書，看似一年磨一劍，實際是他十年如一日厚積薄發的成果。當然也是他學問與才華的一次精彩釋放，可喜可賀，也令人鼓舞。因此，儘管孫琳君向來與我本無所知交，但當他因其同事王建先生的介紹而登門來請爲《研究》作序的時候，我雖然不無有負重託的隱憂，但還是把這作爲表達祝賀與深受鼓舞之情的機會接受了下來。

　　雖然答應了下來，但老實說自己並沒有充裕的時間與精力從容細讀全部書稿，就只好效古人讀書「觀其大略」和「不求甚解」了。恰今日之日當重陽過後，樓居角窗簾外，秋風成陣，黃葉有聲，乃覺清涼在心，靜而思動，遂因連日來粗讀《研究》之零思斷想，落座開機，敲鍵碼字，敘其「大略」而「解」之曰：《研究》是一部學爲文藝理論的年輕學者向古典小說研究跨界思維之頗有學術價值的創新成果。何以見得？

　　首先，《研究》選題是對《水滸傳》影響研究的一大開拓。《水滸傳》是中國古典小說名著，問世數百年來，雖滄海桑田，陵谷變遷，如梁山「八百里水泊」已經幾近消失，但《水滸傳》的影響卻由古而今，由中國而世界，與時俱進，如日中天，方興未艾。這一現象從來就受到學者極大的關注。但是向來學者對《水滸傳》影響的關注卻主要在它的續書，於《水滸傳》續書的關注又主要在《水滸後傳》《蕩寇志》等較早的幾部；再有就是明清的「水

滸戲」和當代的《水滸傳》影視改編等。而且大體說來，這些研究往往是個類、個案的，其不便和未能較好地通觀《水滸傳》的影響顯而易見，而《研究》的出現則將使此一局面大爲改觀。此書既以「續作是原著經典化地位的外顯，甚至原著與續作合在一起才能算作眞正的經典」提高了「續作」的地位，又以「『續作』指相對於某一作品而言進行的新的創作，既包括同樣體裁類型的續作，如某小說對某小說的接續，也包括不同體裁類型的續作，如評論性文章對小說的接續，如小說對某些哲學觀點的接續等等」，從而使《水滸傳》之後一切在內容與形式上與《水滸傳》有關、有《水滸傳》原素的作品都包括於本題之內，空前地擴大並定格了《水滸傳》影響研究的視野。其意義不僅是強調了《水滸傳》影響的廣大深遠，而且突出了以《水滸傳》爲中心的「水滸世界」多維統一和生生不息的品格，有令人耳目一新之概。

其次，《研究》於《水滸傳》續書的探討縱貫古今，是一部空前全面系統之完整意義上的《水滸傳》續書史。本書雖於《水滸傳》影響研究視野廣大，但是其關注的焦點或曰探討的中心仍在《水滸傳》的續書。書中以大部分篇幅較爲全面系統地述評了從清初陳忱《水滸後傳》、青蓮室主人《後水滸傳》到現代張恨水《水滸新傳》、當今王中文《水滸別傳》等十幾部《水滸傳》續作乃至續作的續作，比較清晰地勾畫了一部從古今至今的《水滸傳》續書史。其大過於前人處在於：一是前此有關《水滸傳》續書研究的論著雖然頗有一些，但是多係存檔於圖書館的碩士、博士論文，作爲專著出版的還很罕見。從而這很可能是以紙本正式出版的第一部《水滸傳》的續書史；二是也更重要的是，如上所述及前此研究者一般只關注較早的幾部《水滸傳》續書，鮮見有下探及清末，更未見有並當今《水滸傳》續書創作進行研究的。所以那怕只是從勾勒一個《水滸傳》續書自古及今的線索或輪廓看，《研究》也頗具蓽路藍縷之功。何況其對相關續書的剖析每能深入中肯，而結論也往往富於歷史與美學價值的含量。

最後，《研究》在適用理論與方法上有鮮明特色。應是由於作者從文藝學跨界古典小說研究，這部書便明顯有很強的理論性。這既體現於全書對「續作」概念的認識與把握，並因此而有了一個較爲宏大的論述架構，也體現於具體論述中有不少西方理論的引入借鑒，特別是《水滸傳》續書史研究中個案分析往往有上升到理論的獨特認識與評價。至於本書體例的設定，章節的安排，事理並重，論從史出，豎說橫議，左右搜討，又都在努力於實事求是、

以理服人的同時，給讀者以思考的啓迪和閱讀的愉快，頗見作者學術上的才情與風格。

以上「大略」而言《研究》的若干創獲與成就，實乃粗讀之淺見，或不足爲參考。但讀者見仁見智，總可以從這部書得到應有的新知或啓發。至於眾所周知，金無足赤，著書難得完美，《研究》在開拓創新的同時有所不足，亦在所難免，如其所定義「續作」的範圍很大，但實際仍主要是討論了「續書」，其他形式的「續作」探討較少；又自清末至今，《水滸傳》「續書」或不止於本書所論及的幾部，可能還有所遺漏。如此等等，看來都要留待以後「續作」了。但是，這並不影響本書總體的價值，而且在作爲人類文明之一線的「《水滸傳》續作」及其研究史上，正是《研究》的這一「留白」與其突出的學術價值一起，共同構成了其里程碑的學術意義。

謹此爲序，祝賀《〈水滸傳〉續作研究》的出版，並作爲從孫琳君學術成就所受鼓舞的一點紀念！

2014 年 10 月 7 日

（原載孫琳《〈水滸傳〉續作研究》，中國社會科學出版社 2014 年版）

何紅梅《〈紅樓夢〉評點理論研究》序

　　《紅樓夢》評點研究是「紅學」的重要分支，百年以來已經積累了不少論文與專著。但是據我所知，這些論文與專著多屬個案或某一側面理論的研究，又或者是從評點者到其評點本身的力求全面系統的研究。其中當然涉及或包括了《紅樓夢》評點理論的研究，但是，涉及者往往偏淺，而包括者勢必不專，所以至今鮮見專注於諸家《紅樓夢》評點文本作為一個整體的理論內涵的探討。

　　這也就是說，雖然近百年來《紅樓夢》評點包括評點理論的研究有了很大的進展和成績，但是收穫多在個案與側面研究的深入，《紅樓夢》評點作為一個整體的理論探討，也就是其各家評點文本內涵與價值共性的概括性論述，還是一個相對薄弱的環節。何紅梅博士的論文《《紅樓夢》評點理論研究》（以下或簡稱《研究》）正是在致力這個通觀概論的方向上有整體明顯的推進和不少有價值的發現與發明。其在「紅學」上的意義，不僅是為這家中國小說學上的「老字號」添了一部別具特色的新著，而且宣示了這門百年「顯學」又有一位年輕的女學者加入進來！其所標誌百年「紅學」之生機勃勃，後繼有人，使學界先進樂觀欣喜，當為何如！

　　二十多年前，何紅梅在曲阜師範大學讀本科又讀碩士研究生，我都曾經給她授過課；之後我去河北兩年又來濟南教書，她聞訊又報考了我的博士生並被錄取；接下來三載於斯，教學相長，有過更多學業上的接觸與交流。她畢業回去之後也時有問訊，師生之誼，使她現在要出版自己的博士學位論文而請我作序，確實不好意思推託。況且近些年來，博士生導師為學生的學位論文出版作序似已約定俗成，那就真的不能讓紅梅失望於我而不得不為了。

我因此又覺得這是一件辛苦而又高興的事，並想到人生的當下，竟然不可能不是過去的繼續，而往事也並不如煙。

何紅梅《〈紅樓夢〉評點理論研究》除了《緒論》和《結語》之外的正文共有五章，分別探討脂硯齋等 10 家最具代表性的《紅樓夢》評點，集中展示了清人《紅樓夢》評點在理論上的貢獻，同時是中國古典小說評點在理論上收穫達到的最高成就。所以，雖然讀者從這部書讀到直接是「《紅樓夢》評點理論」如何如何，但其所關和讀者所能知又是中國古代小說理論發展至清中葉綻放出的思想精華。進而可以想見古人怎樣讀《紅樓夢》，怎樣讀小說，有怎樣的閱讀與思考、文學與人生。倘或讀者又由此及彼，對比近百年來「紅學」紛紛在一部古人寫的小說中找各種「鬥爭」「悲劇」的努力，就不難看出古今讀《紅樓夢》之異，前者多的是感受與宣洩，是評點者人性與《紅樓夢》作者和文本擦出的火花；後者多的是窺探、猜謎與演義，甚或東拉西扯，明裏暗裏大都是由某種現實需要催生的「陰謀與愛情」的搏殺。孔子曰：「古之學者為己，今之學者為人。」由此也可見一斑。而《研究》之對清人「紅學」的通觀綜論，正是給「紅學」古今變化的比較提供了一定的方便。

《研究》對清人 10 家《紅樓夢》評點理論之通觀雖為概括，但具體的探討是就現代傳統文論所主要關注的主題、人物、情節、結構、語言等五個方面分章而論，間亦考辨，較為全面系統地介紹評價了清人評點對《紅樓夢》思想與藝術所持各種主要觀點，並於諸家的比較中就其各自的貢獻作出了盡可能客觀的評定。例如其於「主題論」推重脂硯齋、陳其泰評點對《紅樓夢》「大旨不過談情」主題的強調，於「人物論」在分述諸家之說的基礎上指出「……是《紅樓夢》評點理論的重心，也是其於小說理論貢獻最大最多的地方」，於「情節論」突出了「《紅樓夢》評點系統論述了小說情節的構造藝術」和「全面總結了小說情節的藝術功能」等「在當時都是具有一定深度的理論見解」，於「結構論」則總結出《紅樓夢》評點「注重整體結構框架」和「伏筆」「穿插」等藝術手法的作用等特點，於「語言論」則肯定脂硯齋所創「囫圇語」概念和王伯沆指出《紅樓夢》「運詩詞意入白話」都是極精到的發現。如此等等，對於全面正確深入瞭解和把握《紅樓夢》評點理論都是有益的參考與借鑒。

因為以上依據現代傳統文論分章為論文框架的原因，本書的所論更適合於初涉《紅樓夢》評點理論研究者作分門別類的參考；更由於每章各節取清

人評點理論原語爲標題或標題關鍵詞的原因，加強了本書論述實話實說的風格。雖然這兩方面的特點均非首創，但把二者結合起來以爲一書理論框架的恐怕還未曾有過，從而《研究》可能是至今有關這一課題研究最適合於作爲參考的一部著作。

紅梅博士性情純厚，安靜祥和，述論爲文，規行矩步，既得自天性，大約也與其先碩士生導師高洪奎教授的言傳身教影響有關。洪奎先生是我曾經多年的同事，而敬之在師友之間。他性情謙和，爲人恬淡，學問多方，而尤擅書法，「唯酒無量，不及亂」，待人接物，有長者風。猶記 20 多年前隨同在孔夫子做過「中都宰」的汶上，先生筵後微醉，應主人之請「揮毫落紙如雲煙」，滿場擊節歡賞。可惜其年甫古稀，一夕仙逝，殊可痛惜。如今其女弟子紅梅繼在拙編《紅樓夢百家言》（叢書）中主編《紅樓女人卷》之後，又有此紅學專著出版，雖然主要是自己的努力，但也一定不忘先生早先訓教陶冶之淵源。故因此書序而附說之，並以表達對洪奎先生的懷念！

最後祝賀《研究》的出版！相信作爲新一代「紅學」中人的何紅梅博士，必將以此書的出版爲新的起點，更加堅定地努力前行，執著於一個古典文學「盜火者」的夢想！

（原載何紅梅《〈紅樓夢〉評點理論研究》，齊魯書社 2015 年版）

《解開「堽城」之謎》序

　　東嶽泰山之陽，西流汶水之陰，有地曰堽城，今屬山東寧陽，爲魯西南歷史文化古鎮。境內有山不高，因「張果老」而有仙名；有水不長，因流如「月牙」而得靈秀。她不僅於華夏文化中獨得一個「堽」字，而且有上古落星隕石爲永居之天外來客，有戰國剛平古城殘垣爲稀世遺存。這裡是漢代文學家劉梁、劉禎祖孫之故里，五代梁王朱溫生死成敗攸關的地方，有許多美麗的傳說；這裡物產豐富，水源充足，交通便利，民俗純樸，有富麗的前景。以故斯民咸以自喜，遠客無不歡羨。百世墨客，多所題詠；千古騷人，常懷遐思。誠中華一方之寶地，有聘懷無限之風情。

　　因此有四年前拙筆《「堽城」之謎》一文發表，首次考論此方風物的歷史文化價值，得到有關方面的重視。堽城鎮黨委、政府更進一步推衍發揮此義，組織當地作者，編撰《解開「堽城」之謎》一書，以紀其地古今勝概，建設宏圖，發展遠景；發慕古之幽思，抒盛世之豪情，表圖強之壯志，實在是一件大好事。

　　書稿不數月而成，即將付梓。當地有關領導，大約以我於此書稿之成，有拋磚引玉之微功，囑爲作序。雖不敢當，然亦不敢辭。乃拜讀來札所述其編撰意旨云：

　　　　《解開「堽城」之謎》一書，不僅是海內外老鄉、朋友、客商瞭解和認識堽城的畫卷，而且是進行國情、鎮情教育的鄉土好教材；不僅是介紹堽城歷史文化、人文風貌、經濟發展的信息資源庫，而且是吸引客商，開發物產、礦產、旅遊等資源的可靠依據，對各行各業的決策者、研究者、建設者，對一切熱愛堽城、關心堽城、投

資堙城、興業堙城的人們，都不失爲一份寶貴的資料。

此誠爲當地一文化盛舉！而細閱書稿，覺眾妙畢集，琳琅滿目。不僅處處體現編者們勵精圖治振興堙城的苦心雅意，而且內容之豐富，文筆之質樸，都足以引人入勝，回味無窮。書中有關堙城現代化建設發展特色與優勢的介紹，尤足引人矚目，鼓舞人心。

我自求學京師，輾轉執教於齊魯、燕趙之間，光陰荏苒，至今去鄉已 20 餘年。20 餘年改革開放，我常得便「回家看看」，每次都有今非昔比日新月異之感，也更多一份對家鄉加快發展無言的祝福。今有此幸，使積年心願，託諸空文。榮光欣喜之餘，唯盼此書出版發行，能引熱心的讀者也來走走看看，與堙城人民共同索解此一方歷史文化之謎，共襄振興大業；而父老鄉親，將繼續奮發努力，建設家園，使古鎮堙城的未來更加美好，更加光輝燦爛！

（甲申仲秋邑人杜貴晨謹序於泉城）

《崔村馬姓族譜》序

　　天地玄黃，春秋代序。人非金石，世乃交替。而古人所感，「前不見古人，後不見來者」，或「舍我故鄉客，將適萬里道」者，今人亦何能釋然於懷？而於家親族誼之間，繫念最爲深切！更何況通婚聯誼，贍養繼承，諸般人事，依法論理，均須明血緣，辨世次，別親疏，以適其所當。是以古來有譜牒之作，以使前人雖死而不朽，後人知所從來，「愼終追遠，民歸德厚矣」！族譜則其一也。

　　然而近世天翻地覆，雖盛舉新創，大略可嘉，但破舊立新，故物蕩然，其應存而遭毀者，不禁爲有識者所憂，族譜亦其一也！

　　寧陽崔村馬氏方謨先生，幼即嗜學，長而執教，不久從政，其間曾入大學讀書，然後進入泰安市府工作，屢遷爲泰安市安全監督管理局局長。在任恪盡職守，政績斐然。而於百忙之中，能念念不忘家鄉養育之情，族親敦化之恩，於修撰族譜之事，早有籌措。退休後更出於弘揚傳統文化，建設和諧社會的使命感，肆其所學，不憚繁勞，主持修撰《崔村馬氏族譜》，是子夏所謂「學而優則仕」，又「仕而優則學」者也！

　　余因輾轉教書，得接方謨君爲友近 30 年，久而知方謨竹蘭之志，松柏之節，而常讚歎之。以爲方謨先生者，論學或不甚顯，論仕或不甚達，但論仁以爲己任，論學以致世用，論淡泊以明志，並寧靜以致遠之性，則所謂大師顯宦，名高當代者，或有不如。余以是信其主修族譜之必將大成，而樂觀其成，願因其所命，而勉爲之序也。

　　余自本年農曆八月二十日接方謨先生寄下《崔村馬氏族譜》之《編修緣起》一文，拜讀再三，感慨良多。其一先生主持此編用心之良苦，雖爲一族，

而實關譜牒文化之大局；其二先生主持此編極重資料的搜集完備，與編排的科學嚴謹，堪爲後人之法式；其三先生雖爲此編之主持，但不恃一己之力，而發揮其長期做工作之長，精心組織族人共襄成功，必使宗親族誼，聯絡密切，而編撰之過程即合於此舉之目的；四是先生所主持修撰之此族譜中將附有家傳，則此譜內容將格外充實，非尋常可比而更有俾於世用。有此四者，余乃敢預言《崔村馬氏族譜》之編撰一定成功，而方謨先生主持之功，與夫諸賢大力襄助之貢獻，將隨此譜之成而傳留後世，豈不美哉！豈不善哉！

地久天長，物是人非。後之視今，猶今之視古。方謨先生盛世修譜，崔村馬氏盛時續譜，應世順人，功甚大焉！喜甚大焉！唯願此譜之修，能昭示馬氏大族後人，繼承並發揚方謨先生並與事諸賢修譜之精神，愛家愛族，弘揚祖德，推恩四海，與國家同呼吸，共命運，興旺發達，有更加美滿幸福的未來！

（農曆己丑年十月初八日〔2009 年 11 月 24 日〕
寧陽生山東師範大學教授杜貴晨恭書於泉城歷下）

下編　書評

顧炎武研究新發現——評《顧炎武詩文選譯》並紀念顧氏誕辰 310 週年

　　歷史長河，大浪淘沙。人，能在歷史上留下盛名的寥若晨星，光照千古的更屬不多，而顧炎武不愧為這不多人物中的一個，單是一句「天下興亡，匹夫有責」的名言，就足以使千秋萬代的中國人紀念他了。

　　但是，即使這樣一位近代偉大的思想家、學問家、文學家，學術界也還未能夠注重介紹他，研究他，作出當代新的評價。一個突出的不足是，建國以來出版有關他的專著不過三兩種，而且各有側重。在這種情況下，李永祐、郭成韜二位先生的《顧炎武詩文選譯》（以下簡稱《選譯》）問世，就格外令人振奮了。我不想用「塡補空白」之類的有大話、套話嫌疑的語言稱讚它，但平心而論，它稱得起顧炎武研究的一個最新發現。

　　《選譯》是巴蜀書社《古代文史名著選譯叢書》的一種。它的體例性質決定了面向當今最廣大讀者的價值，是毋庸多言的。但在通俗中力求達到一定程度的深刻，就全在選譯者從事的態度和學問的功底了。筆者檢閱全書的選目，無論詩與文，都是顧氏著作的精華，這一個在大量作品中優選的過程，既需要艱苦勞動，更需要選家高明深刻的學術眼光。選譯者《前言》中說：「是從全面的角度著眼，即力求能從所選的詩文中反映顧炎武作為一代思想家、學問家和愛國詩人的全貌，能體現他的詩文的思想、藝術成就及其內容、風格的主體性和多樣性。」這個目標已是充分地達到了。讀者一冊在手，顧氏名篇佳作，雋語警句大都得以披覽，豈不妙哉！

　　《選譯》的功力主要見於題解、注釋和翻譯，它在這方面的準確暢達於

諸多同類著作中已屬上乘，自不待言。尤爲可貴的是其中針對一些疑難問題，提出了審愼獨到的看法。如《德州過程工部》一詩，前人以程工部（名生貞，字正夫）曾降清爲官，大節有虧，顧炎武與之交往爲「不可解者」。本書題解作者則認爲，「他（顧炎武）之所以與一個氣節上有污點的人成爲好友，是因爲他既有原則上的堅定性，又有待人接物上的靈活性。」是對當時「從眾的降官……不採取偏激的態度」，這無疑是知人論世的正確意見，是爲善讀書者。此外，《生員論》上、中、下三篇的題解言簡意賅、批郤導窾、條分縷析，是非解說文章的行家裏手做不出的。

　　《選譯》的《前言》也寫得好，不僅高度概括了顧氏一生事蹟學問文學的成就，還深入分析了他「積極從事政治活動與學術研究、詩歌創作緊密結合」的獨特而光輝的人生道路，以及他走上這樣一條人生之路的家庭、社會和思想上的淵源。這些分析中作者加意強調的某些具體方面，如顧氏反對「置四海之困窮不言」而空談性理的學風；注重調查研究；針對官府橫征暴斂，農民破產，「商賈絕跡」的情況，提出改良政治，「厚民生，強國勢」的措施和希望，等等，於今也有歷史的借鑒意義。

　　顧炎武生於 1613 年，卒於 1682 年，他一生流亡，到過許多地方，還曾在山東章丘購置房舍田產，進行秘密反清活動，但今天即使章丘的人大約也很少知道了。《選譯》的作者之一李永祐先生也是山東人，在這位中國近代思想和文學的巨人逝世 310 週年之際，《選譯》的出版有特別的意義，我謹向全國尤其山東的讀者推薦這部集通俗性、知識性和學術性於一身的優秀著作，作爲對這位先賢的紀念。

　　　　　　　　　　　　　　　（原載《大眾日報》1992 年 12 月 12 日）

有功於長吉，裨補於學林
——讀徐傳武《李賀詩集譯注》

　　山東大學古籍研究所徐傳武教授編著的《李賀詩集譯注》一書，不僅是一般讀者閱讀的具有普及性的讀物，而且也可供研究者參考，屬於提高性的功力深厚之作。

　　該書是現存李賀及署名爲李賀作品的全部彙集，是當前收錄李賀作品最爲完具的一個本子。該書不僅完具，而且校理頗精，參考了十多種版本的李賀詩集，吸收了散見於各種筆記、注解、論文中的研究成果。該書注解也比較精當，糾正古人、今人的錯謬和不準確之處頗多。另外，該書的譯文既忠實於原作，又注意了譯得流暢、耐讀。對於李賀擅長運用的「通感」等手法，注重譯出其「言外意」「弦外音」。譯文和原詩基本上採用了「一對一」式，但爲了譯出來流暢，個別的地方也把原詩奇數句譯爲偶數句，有的甚至把原詩的次序稍作顛倒，這樣令人讀來顯得詩意更爲完整。

　　該書對李詩的寫作時地、寫作背景下了較大的考索工夫，因而對李詩的寫作意旨理解的較爲深刻準確，可謂得李賀之心甚多。傳本李賀詩集的編次，既未按詩之類型，亦未按寫作時地，而該書對李詩詳加考索，幾乎對每首詩的寫作時地都弄得較清楚，的確很見功力。該書對研究李賀的專家朱自清、錢仲聯、葉蔥奇、劉衍、傅經順等成果多所借鑒，但也時有不同。如錢仲聯先生對李賀寫音樂的詩和「八司馬」事件聯繫到一塊，該書頗不以爲然，我認爲該書有些觀點還是很有道理的。

　　該書擅長從頗爲廣闊的領域，站到一個較高的角度來審視、分析李賀之

詩。劉乃昌教授在爲該書寫的序言中稱：「則其付梓面世，將有功於長吉，裨補於學林。」，實非虛譽耳。

（原載《聯合報》1993 年 5 月 8 日）

廣博精到　獲益匪淺
——讀徐傳武《文史論集》

　　接到徐傳武教授寄來的新作《文史論集》，馬上翻閱起來，有喜不自勝之感。這部洋洋八十萬言、上下兩冊的厚書，有論述古代文學的，有專門辨析《三國演義》真假虛實的，有研究《周易》的，有論述文字、詞彙的，又有談論歷史人物，鑒賞名篇佳作的，還有研討文化史各個方面問題的，內容十分廣博，讀之猶如在山陰道上行，美景有目不暇接之感。其中有些知識似乎也知道，但往往限於一般的瞭解，如關於古代的「上巳節」問題。有的教授撰文談論《詩經》中的「上巳節」就和「三月初三」等同起來，該書指出這是錯誤的，《詩經》時代的「上巳節」還未固定在三月三日（《「上巳」與「三月三」》）。再如「認鐙」詞中的「認」字，一般詞典、古書的注解都未講清楚，該書認為表示此意的「認」字當由「紉」字而來，有「穿進、鑽進」之意，並舉了多例說明這種用法，可補詞典、古書注解之不足（《「認」字的又一義項》）。又比如論述以人名指稱事物的，論述諧音表意的，論述「合體字」的，論述寫字不能隨意「類推簡化」的，等等。有論有證，妙趣橫生，讀來很長人見識，我想大中專文科師生、文史愛好者讀一讀是很有益處的。

　　這部書精深、獨到的東西很多，常有前人未發之言，他人未見之識。比如《「黃花」與「黃花女兒」》一篇，為何把青年女子稱為「黃花」歷來無說，該書認為當與指帶黃花的黃瓜特嫩有關，言之成理。再如《八卦與八音如何相配》之文，把歷來失傳了的「八卦」與「八音」相配之法復原，並糾正了引用這段話的《白虎通》引文之錯失，實為難得。其他一些長篇大論，則更

應引起注意。如論述牛郎織女神話起源問題之文，更富有創見性了。一般學者認爲起源於漢魏之時，最早也就上溯至《詩經》時代，而該文從杜甫一首談牛女方位的小詩與當時或現今不合說起，追根求源，順藤摸瓜，並運用了他特有的精通古天文學的本領，提出了牛女神話起源於公元前 2400 年左右的母系氏族時期的新說，或可謂不朽之論吧。再說論述《世說新語》劉孝標注的，論述《西遊記》的「五行說」思想的，等等，都有許多獨到之處，解決了一些前人未曾解決的問題，是這部書的價值和貢獻所在。

（原載《大眾日報》1995 年 12 月 29 日）

漫議性靈派——評吳兆路《性靈派研究》

　　中國古代詩歌以至全部文學，千門萬戶，大略卻不過兩家：一家純任性情，想寫什麼就寫什麼，想怎麼寫就怎麼寫，即性靈派；一家服務政教，政教需要什麼就寫什麼，需要怎麼寫就怎麼寫，即格調派。文學創作，「但多一分格調，必損一分性情」。所以，從來講格調的不講性靈，講性靈的不講格調。宋人楊萬里說：「格調是空架子，拙人最易藉口。」清人袁枚說：「自《三百篇》至今日，凡詩之可傳者都是性靈。」

　　但是，古代君主專制，政教中心，格調派「詩貴溫柔，不可說盡，又必關乎人倫日用」，所以備受擡舉：「名花傾國兩相歡，長得君王帶笑看」，如初唐「上官體」，明初「臺閣體」，清中葉「格調派」等莫不如是。明太祖使宋濂醉酒賦詩後說：「……非惟見朕寵愛卿，亦可見一時君臣道合，共樂太平之盛也。」乾隆帝諭群臣曰：「朕於（沈）德潛，以詩始，以詩終。」而性靈派卻往往被認爲於世無補，甚至有害世道人心，其行世最好不過有閒花野草的地位，如明末三袁，清中葉袁枚都不甚得意於時，李贄、金聖歎的死於非命，也與鼓吹性靈有很大干係。

　　歷史發展到今天，皇帝早就不坐龍庭了。人們看古代文學，格調派自然不再受到推崇，但在長時期內，性靈派也沒有受到應有的重視，甚至60年代初還有某大報連載郭沫若先生《讀〈隨園札記〉》，專一對袁枚的爲人及詩論吹毛求疵。這件事，今天研究性靈派的學者都不大想到，可是很能說明些問題，卻不必說。這裡單說今天性靈派受到學者空前的注重，大多也不過說它在古代是一種特色鮮明的進步文學理論，而似有未盡。

　　筆者以爲，其說以「性靈」名，實際性靈即人，即一己之性情。性靈派所主張不僅是文學的理論，更是一種與封建政教中心對立的人生的立場與態度，這就

是甘肅教育出版社新出吳兆路《性靈派研究》（甘肅教育出版社 2001 年出版）所揭示性靈派「反道統、破名教、尊自我、尚眞情、重私欲等異端精神色彩」。

這一揭示表明，作爲一部系統考察古代性靈派文學思想的研究著作，吳兆路《性靈派研究》在遵循一般這類研究的要求，使題無剩義的基礎上，卻並沒有僅就性靈派說性靈派，而是把性靈派的研究進一步提升到了「文學是人學」的關乎生命終極意義的形而上的思考。這使本書對性靈派文學思想追本溯源至於莊子與楊朱，重現了古代哲學與文學內在深刻的聯繫。王運熙《序》認爲「這是頗有見地的看法」，筆者衷心擁護之餘，對這一揭示所表明古代文學的問題應該而且可以從哲學等傳統文化得到解釋更感興趣，而吳兆路君研究文學能具宏觀的文化視野，出乎其外，入乎其內，根本或者也是一種性靈——做學問求徹底的執著精神。

性靈派主張作詩「獨抒性靈，不拘格套」，「信口而出，信口而談」，「言人之所欲言，言人之所不能言，言人之所不敢言」，大有亂道之嫌。然而究其實不過要求文學創作少一些限制，多一些自由，乃至絕對自由。絕對自由似是不可能的。但在格調說爲正統的時代，特別是「避席唯聞文字獄，著書都爲稻粱謀」的惡劣環境裏，性靈派鼓吹創作自由無疑是眞正文學所存的一線希望。按照吳兆路君的描述，從莊子到白（居易）蘇（軾），到徐渭、李贄、湯顯祖、公安三袁、金聖歎、廖燕、袁枚等等，性靈派孳生發展的歷史，其實是文學追求解放，一步步走向輝煌的歷史。當然，文學史的輝煌並不單純是幾個典型性靈派作家的創造，但是，事實表明，中國文學史上一切優秀的作品無不出自性靈或說由性靈而發。李白詩云：「仰天大笑出門去，我輩豈是蓬蒿人！」確實不夠「溫柔」，也不「關乎人倫日用」，但是卻關乎人的自尊與自信，進一步關乎人的創造精神。「詩以道性情」。以情感人，陶冶民族性格才是詩——文學的眞正使命與終極意義；即從「用」的角度看，一個經不起詩的刺激和專以詩爲修身教科書，而反對詩以情感人，提高人的自尊、自信和創造精神的民族，也是沒有希望的。

在這個意義上，性靈派研究關乎文學與人生的根本，吳兆路《性靈派研究》以其有徹底的追求而具重要價值。但是，這個問題實在太大，也很複雜，研究者包括吳君還任重道遠，而思想解放，使性靈得以自由自在的發揚，更是民族復興的時代要求，「匹夫有責」，讓我們共同努力吧！

（2002 年 1 月）

中國文學精神研究的開山之作
——讀郭延禮主編《中國文學精神》

　　百年文學研究的傳統對象是作家、作品和文學史，而文學史又往往是自古及今作家作品系列的述評與概括，是按照某種文學史觀排比的事實鏈和說明文。因此，不但作家、作品的研究是標準的個案探討，而且文學史的研究也因為要史論結合的緣故，往往不能盡研究者概括生發務虛深究之長，更不用說到就一個時代的文學進而全部文學史，發現發明其形而上的精神。這固然有「糟粕所傳非粹美，丹青難寫是精神」（王安石《讀史》）的原因，但是，也還由於文學史體例的束縛，使研究者不能自由思想和秉筆馳騁。也就是說，文學史既然寫的是「史」，就必然不能過於突出「精神」。因此，文學精神的研究應該在文學史的著作之外，另闢一域，自開新局，營造出一個屬於自己的學術傳統。但是，大約正以其「難寫」，所以未見人嘗試；以其另類，所以未被人重視。從而百年來，我們有了數量可觀、不乏佳構的文學史著作，但是，關於中國文學精神研究的專著甚至論文，卻從來未見。因此，由郭延禮先生主編山東教育出版社出版的《中國文學精神》就成了此項學術事業的開山之作。

　　《中國文學精神》是山東大學「211工程」重點立項課題項目。山東大學向以深厚的文史傳統卓立於大學之林，主編郭延禮先生是以三卷本《中國近代文學發展史》和多種文學研究著作為學界所知的著名文學史家，與本書七卷的各位作者，都是山東大學古代文學博士點的專家教授。由有這樣一個背景支持的學術隊伍，以5年甘苦，不懈努力編撰而成的《中國文學精神》，是

一部名副其實、大一統而能深細的創新之作。

所謂「名副其實」，是說《中國文學精神》所探討與說明的，確實是中國文學的「精神」。這是此書在學術上能立得住的最基本的要求，卻又最為「難寫」。特別是對於包括其主編在內的所有作者，都是長期從事文學史研究的學者專家，不容易跳出上述所謂事實鏈與說明文的史的傳統，作近乎玄虛的文學精神的深入發現與描述。從而一個創新領域的異質生新的書名，可能填塞的仍然是向來文學史的內容。因此，筆者對一類打了「新新人類」般旗號倉促問世的研究著作，常不能不投以「搶灘」的懷疑的目光。而事實上創新領域的研究，首先就難在對研究對象實質內容的把握；在本書來說，就是何為「文學精神」和「中國文學精神」的問題。對此，郭先生與他的同仁們以對文學史的深刻理解與穎敏的感悟，實事求是，作出了國人有關「文學精神」的第一個定義，即《總序》所說「文學精神就是以文學為載體，從中抽繹出來的有關文學的觀念、思想意蘊、審美理想、人文精神、價值取向、文體風範，以及創造主體所體現的人生態度、人生追求、人格力量和藝術創造力」。筆者相信，在這樣一個極易見仁見智的問題上，此說不可能定於一尊，但是，從不致流於過分玄虛而易於把握的意義上說，這是多卷本《中國文學精神》一書關於其研究對象與範圍的正確的界定與聰明選擇。也就因此，這部書縱然由多人合作，卻無不貫徹了《總序》關於文學精神的基本思想，而又各有其枝蔓。從而這部書固然不能不從作家、作品和文學史的事實出發，但是，讀者自可以感到，其所關注已不在這些事實本身乃至事實與事實之間關係的描述，而在其所含蘊上述「文學精神」的方方面面，是一部真正關於古代文學形而上之「精神」研究的學術創新之作。

《中國文學精神》七卷約 140 萬字，這部書各卷深入貫徹《總序》關於文學精神的基本思想，而又各有其枝蔓的共同風格，也就是我們要稱讚的「大一統」的特點。這在由一人主編而成於眾手的系統學術著作來說，是重要而難能的。但在筆者看來，這方面重要而難能的地方，竟然還在於它暗合了這樣一種思想，即認為「文學是人學」，而文學的精神即人的精神，也就是人類生存延續的基本信念，它決定於每一個體及其時代對生與死、身與心（或靈與肉）、我與人（或個體與群體）三大關係的理解。而這三大關係的核心或本質是人與天的對立統一即「天人之際」，進而有「古今之變」，社會人生之異，文學精神的多彩多姿。筆者高興地注意到，在貫徹《總序》關於文學精神基

本思想線索的同時，幾乎各卷都注意到這一核心問題，如先秦卷第一章《惟人萬物之靈》，漢代卷第一章《天地之性人爲貴》等，就是從人——天關係展開的；而魏晉南北朝卷《概說》在討論過山水田園詩中「自我因與永恒的化一而變爲宇宙之我」的「審美精神」以後，又敏銳地發現了志怪小說「虛幻地演繹出百姓尋求天人合一的心路歷程」，等等。這使本書關於文學精神的探討實際提升到了文化哲學的層面，因高屋建瓴，而愈顯其七絃合奏，八音克諧的高妙。

《中國文學精神》提升到哲學妙悟的高超視點，使全書從文學的事實生發文學精神的論述，總能給人以「無邊光景一時新」的感覺，而最突出是其深細論證中體現的諸多大膽創新之點。如魏晉南北朝卷論「曹操之『奸』，表現出一種大膽的叛逆精神」，唐代卷論市民意識對文學的滲透，宋元卷論宋初詩歌三體各自的得失，明清卷論「俗文學的崇雅」特別是《儒林外史》「所反映的內涵我們的大眾還不具備接受的內力」，近代卷論進化論的傳入對文學革新精神的刺激等，都堪稱卓識或能發人深省。

總之，《中國文學精神》是一部成功的學術著作。雖然因其爲開山之作，不免略有草創未周之處；又因其成於眾手，各卷或一卷之不同章節之間，難免有風格水平的參差，但是，比較總體創新的成就，只是美中不足。而且畢竟「丹青難寫是精神」，一如孫之梅教授「曾數次推翻修改方案，甚至把寫出來的近十萬字的稿子毀棄，最後才確定了……提綱」的苦心經營，該書主編與諸位作者已經盡了最大努力，其仍有所不逮，實是望道未至，而不必苛求，或待於將來，如此而已。

（原載《中華讀書報》2004 年 5 月 26 日）

關於古代文學的流派研究與學術創新
——評陳文新主編《中國古代文學流派研究叢書》

　　俗說「物以類聚，人以群分」，從而「文以流別」是自然之事，也必然為學者所關注。自晉代摯虞撰《文章流別集》並為之論，齊梁有鍾嶸《詩品》，以下因流別或流派而論文學者代不乏人；尤其近年先後有若干就某一流派作個案剖析的優秀之作問世，乃至 1992 年鍾林斌、李文祿主編，遼寧大學出版社出版，以葛曉音《山水田園詩派研究》打頭的《中國古代文學流派研究叢書》也有若干種陸續出版，共同標誌了古代文學流派研究的不斷增長的實績和持續升溫，從而流派研究在古代文學學科的地位日顯，影響漸大，頗有與作家作品研究和文學斷代與通史的研究鼎足而三之勢，成為引人矚目的一個學術增長點。

　　但是，在近世以來的古代文學研究中，流派研究畢竟後起於作家作品和斷代、通史的研究。從而如「水之積也不厚，則其負大舟也無力」（《莊子·逍遙遊》），已有的古代文學流派研究諸作還只是作個案的探討，從某一個別而見一般。其導夫先路、嘉惠學林之功固不可沒，而且後來者也還有大量這樣的工作要做，但是，人們有理由希望後來者在繼續拓展流派研究疆域的同時，注重總結古今有關古代文學流派研究的實踐與理論，乃至從古代文學作品抽象出有關流派的理論，以服務於全面系統的古代文學流派理論建設，使之走向成熟，能真正與作家作品研究和文學斷代與通史的研究鼎足而三。

　　上述希望的合理性既從以往古代文學流派研究的發展中自然產生出來，

也應該能在古代文學流派研究的進一步實踐中得到證明和實現。現在，我們高興地看到，由陳文新先生主編，有陳文新、陳順智、石觀海、余傳棚、熊禮匯、喬惟德、劉良明等學者主撰，武漢大學出版社出版的《中國古代文學流派研究叢書》（本文以下簡稱《叢書》）問世流傳，把這一研究工作推到了新的更高的階段。從學術史的觀點看，這套叢書的問世標誌了中國古代文學流派研究的全面自覺和主體建構的真正形成，進一步確立了流派研究在古代文學學科中與作家作品研究和斷代與通史的研究鼎足而三的地位，是對古代文學學科建設的一大貢獻。

《叢書》的具體貢獻在於，其所含 8 種著作中，至少有《東晉玄言詩派研究》《宮體詩派研究》《明清散文流派研究》《明清章回小說流派研究》《近代小說理論批評流派研究》等 5 種，在各自的研究領域具有顯著的前沿性；《唐宋詞流派研究》與《神韻派研究》二種雖然是老題目，卻也能卓然自成一家之言。至於作為《叢書》導論的《中國文學流派意識的發生和發展》一書，致力於流派理論的體系化和規範化，自是前所未有；而且不避俗嫌的話，我們還可以說《東晉玄言詩派研究》《宮體詩派研究》兩種整體上是填補空白之作。這樣，在已有葛曉音、莫礪鋒、張宏生、廖可斌、陳書錄、吳兆路等學者之古代文學流派研究專著的情況下，本《叢書》既因其後來者的必然和幸運，又更是當之無愧地成為古代文學流派研究步入成熟的標誌之作。

作為我國古代文學流派研究步入成熟的標誌之作，《叢書》在所作個案研究與理論建設兩個方面都有重大開拓和根本性的創獲。這一突出的特點在《叢書》中的每部都程度不同地有所體現。但是，逐一的說明是困難的，而《明清章回小說流派研究》一書所及是筆者較為熟悉和更為關心的課題，《中國文學流派意識的發生和發展》有《叢書》綱領的作用與價值，不可作一般看待。因此，筆者願以這兩部書為例，談談《叢書》對中國古代文學流派研究和古代文學學科建設的貢獻，兼及於個人有關古代文學的流派研究和學術創新的淺見。

陳文新等三先生所著《明清章回小說流派研究》一書，在其所屬明清小說研究的領域有開拓的意義。這當然不是說此前沒有或者很少這類的研究，而是說這種對明清章回小說流派以專書作綜合研究的工作是前人沒有做過的。但是，對於本書而言，這一點並不特別重要。因為早就有了魯迅先生的《中國小說史略》為明清章回小說流派作了稱名指類的創造，本書「不再致

力於流派劃分與命名的討論」，所以，綜合研究雖然是本書的一個特色，但是，這一點並不難爲在其想得到，而難爲在其敢於作如是想，有在前人基礎上作大力推進的學術勇氣與信心。具體地說，就是作者能夠越過了章回小說流派研究稱名指類的層面，由信其然進而知其所以然的動因、過程等等。因此，這一部書的重點基本是在魯迅小說流派論述基礎上的推進，主要討論明清小說各主要流派興替演變之跡，題材與風格的聯繫與差異，尤其集中於對各流派獨特價值觀念與表達方式的考量與闡釋。這就從根本上避免了「炒剩飯」人云亦云的可能，而易於披文入理，戞戞獨造。

《明清章回小說流派研究》的創造性集中表現於宏觀把握與具體分析兩個方面。從宏觀把握方面來看，第一章開篇有關章回小說流變「由歷史演義而英俠傳奇而神魔小說而諷刺小說而才學小說而狹邪小說而譴責小說」的描述基本上是符合實際的。當然，這主要是在各流派以其代表作品問世爲標誌先後成立之次序的意義上而言；若論諸派各自的源流，其實都可以「上窮碧落下黃泉」而有其一說，未必孰爲後先。這一點，作者論述中實際也已經注意到了。但是，本書就其研究的目標而選擇主要的事實爲持論的出發點。所以，第一章開篇的這一描述是本書論章回小說流派審美規範之先後確立，探討「在題材風格的遷移中，四大章回小說流派的分化演變」的「學理依據」，即其內在的合理性或規律性的一個正確的和必要的前提。正是在這一前提之下，本書的論證使人信服地顯示了就小說發展的自身內部而言，以「四大章回小說流派」興衰爲主要標誌的明清章回小說流派變化的動因，其實只是章回小說題材的遷移，進一步造成文本風格的改變。而章回小說題材與風格的變化，換言之即新的流派或類型的形成，一方面是由於不同時代的不同作者所「關注的重心」和藝術趣味不同之故，另一方面也因爲一種題材一旦被人「寫過並且寫出了出色的作品」，後來的人「如果試圖展開新的局面」，就必須「換一種寫法」，用一種「迥異的寫法」進行創作，以至於到了清代，章回小說無新的大路可走，只好在題材上取偏用狹，或者雜糅種種以爲新創。這後一點明顯是參照唐宋詩和宋以後詩歌風格變遷的研究提出的，但在有關明清章回小說流派的認識上是嶄新的見解，對於進一步深入和辨證地理解明清章回小說流派發展的歷史，乃至對全部小說發展史的研究都有參考的價值和啓發意義。

從具體分析來看，《明清章回小說流派研究》不僅對每一流派審美規範的

內涵及其確立過程作了盡可能詳細的說明，而且進一步分析了派中有別生成的各種不同類型，如其論歷史演義主要類型有二、神魔小說主要風格類型有四、人情小說主要類型有三，等等，從不同角度對明清小說流派的研究全面深入細化有所推進。其持論又大都中肯，對於理解明清章回小說流派的分化和新的風格類型的形成大有裨益。但是，本書具體分析的最為精彩之處並不在此而在彼，即一是從對各流派不同風格的比較，發現流派風格的不同，實源於不同的價值觀念，也就是對人物、事件評價的不同尺度，決定其表達方式有異而形成不同的風格；二是其對「四大章回小說流派」代表作即明代「四大奇書」的分析與評價，包括論「歷史演義源出於正史」「亦受民間說話影響」在《三國演義》中形成的「史家筆法」與「小說家筆法迥異」的矛盾，和論英俠傳奇與人情小說價值觀念的不同在《水滸傳》與《金瓶梅》中所造成的武松形象的差異，以及論《西遊記》既有「象徵性主旨」，又有「想像世界」和「戲謔風格」等，都是獨到的或具前沿性的學術見解。

總之，如果說《明清章回小說流派研究》一書表現出陳文新等作者在分體文學流派的研究中，具有「一種整體把握、辨證分析的能力」，那麼《中國文學流派意識的發生和發展》一書則凸顯了本《叢書》主編陳文新先生個人對中國古代文學流派理論的總體觀照、系統研究和全面見解。在他看來，中國古代文學流派意識包括三個層面，即統系意識、盟主意識和風格意識。這三個層面其實也就是本書衡量中國古代文學流派所持的標準。作者以此為基點，切入論證以建立系統的流派理論，並進一步展開對諸多流派的具體考察，特別是從古代文學流派的九種命名方式入手，深入流派與代表作家、流派與時代思潮、流派與地域文化、流派與總集編纂、流派與社團活動、流派與社會階層、流派與題材、風格和理論主張之間等多重複雜關係的梳理，提出或解決了大量有價值的學術問題，如其論「韓愈以建立道統的方式來建立文統……在很大程度上是策略性的」，「元白的長篇敘事詩本是伴隨著傳奇小說而產生」，「桐城三祖」之末的「姚鼐鍾情於『文人』風範，實即以純文學作家自期和自許」等，都是新穎而深刻的看法；同時又空前地拓展了中國文學流派研究的視野，在其具體分析與結論的貢獻之外，從四面八方新闢了多條研究的門徑，其嘉惠來者自不待言。

但是，本書理論上更重要而突出的貢獻是據舊有「格調」「神韻」「性靈」「肌理」四說，綜合以論中國古代詩歌（其實也包括了散文）流派，又尤在

其對「從漢以降中國古典詩……由格調而神韻而性靈而肌理」之「內在必然性」和「題材和風格的遷移」之「學理根據」的深入考察。這一縱向的考察神遊百代，又幾乎是從完全對立處尋求聯繫與一致，更深刻地體現了作者「整體把握、辨證分析」的研究特點。而且未必僅僅出於巧合的情況是，與《明清章回小說流派研究》一書論「四大章回小說流派」代興之跡相近，本書揭示格調、神韻、性靈與肌理四大詩學流派的代興，同樣源於「題材風格的遷移」。所不同者，是詩歌發展成熟的歷史更長，又有古體與近體之分，所以比較章回小說四大流派的嬗變，更多了幾番輪迴，以至於到了清代，這四大詩學流派也正如當時章回小說的命運，成了幾乎是共時態的存在並終歸於無可挽回的衰落。

如此說來，《中國文學流派意識的發生和發展》一書所建立的中國古代文學流派理論的核心，實可以概括為在三個標準（統系、盟主、風格）之上的四分論（詩文的格調、神韻、性靈與肌理，小說的歷史演義、英俠傳奇、神魔與人情小說）系統，而且這一分為四的文學流派之間，總有歷史的和辨證的聯繫。這種聯繫造就中國文學流派既有歷時性的興替變遷，又有共時性的競爭互補，其合力推動了中國古代文學走向輝煌的發展，並最終經由近代文學的洗禮與轉換，哺育了中國新文學的萌芽。當然，本書圍繞這一理論核心的闡述，隨文還有許多個別的卓越的見解，也頗足使人耳目一新，或發人深思，但是，筆者認為，相對於本書致力於流派理論的體系化和規範化的總體目標來說，這樣一個理論框架的確立顯然是最為重要的學術創新。

當然，《叢書》也還有可以進一步完善的地方，如其規模還不夠大，有關戲曲文學與文言小說流派的內容，以及更多的詩文詞流派的研究，似乎還可以考慮加入進去等等，可不說了；倒是筆者由閱讀《叢書》引出的有關古代文學的流派研究和學術創新的幾點淺見，很想提出來求教於方家。

首先，《中國文學流派意識的發生和發展》一書的研究表明，所謂古代文學流派意識的發生發展問題，雖然突出地體現為題材與風格的源、流、正、變，但根本在時代風會的轉移與作家——讀者人代冥滅的嬗變，仍是《文心雕龍》所說，「興廢繫乎時序，文變染乎世情」。從而文學流派研究中，類似本《叢書》之一的《東晉玄言詩派研究》所論「因談之習，流為文體」的情況值得注意。也就是說，文學流派研究在適當借鑒各種外國的和現代的理論與方法的同時，也還應該堅持我國學術「知人論世」的傳統，把書裏的分析

與書外的考論結合起來，以更好地做出全方位的說明。而在當今包括流派理論在內的古代文論研究中，這樣的結合還做得很不夠，亟待加強。

其次，正如本《叢書》研究「的宗旨是……致力於從古代文學和古代文論的大量經驗事實中建立思想秩序和理論形式」，包括流派理論在內的古代文論研究應該同時注重「從古代文學和古代文論」兩處著眼和入手，分析概括，生發出新的理論，以服務於當代先進文化的建設。但是，正如有學者早就指出的，幾十年來的古代文論研究，大致還只是對舊有理論作再闡釋的一條腿走路的模式，古人從文學作品的研究中直接抽象出理論來的傳統方法幾乎整個地被忘卻了，現在還應該大力恢復和提倡起來。中國古代文論研究的真正出路和開創新局面的希望或許正在於此。

最後，學術研究的生命在於創新。陳文新先生在《中國文學流派意識的發生和發展》一書《引言》之末論「學術研究的魅力在於它勇於探討原理和原則未曾解決的問題，在於它勇於質疑『常識』並提供新的『常識』。因此，我們將努力不被『定論』以及從這些『定論』推闡出來的見解所束縛」云云一段話，表現了真正學者的立場、勇氣和信心，是一切學術創新的原動力，也是學者立身不至於平庸和抵制學術腐敗的金言良方，所以有必要特別提出來與讀者共勉。

（原載《寧夏社會科學》2004 年第 4 期）

植根傳統　銳意創新
——評寧稼雨「中國敘事文化學」

　　學術研究不能不有理論的指導，而指導學術研究的理論，除借於古今中外他人之外，卻也只能從自己的研究中概括出來，從而有相關理論的創新。

　　因此，學術研究的意義其實有兩個層級：一是具體課題的研究，二是就大量相類課題研究的研究。前者得出的是對課題本身具體問題的認識，後者得出的是解決此一類具體問題的一般性理論。從而前者是後者的基礎，後者是前者的昇華。二者的關係決定了，一方面是學術研究中能解決任一具體問題，就此問題得出正確的結論固然不易，但從不斷重複和提高的此類研究中體會歸納出某些規律性特點，概括爲一般性的理論更難，過程也需要更長。此所以我國古代傳神阿堵、頰上三毫爲藝術之至境，而放眼看去，滿天下學者如過江之鯽，論著的出版更如恒河沙數，但能夠眞正成爲學術研究指導的理論建樹卻廖若晨星。中國古典文學研究領域的情況更是如此，甚者可說是一個有研究，沒有理論的所在。有之，則南開大學寧稼雨教授近年致力研究並逐漸推出的「中國敘事文化學」堪稱一大理論發現。

　　寧先生從事古代文學特別是古代小說研究多年，於古代小說、史傳文學等敘事作品研究涉獵之廣，海內外能出其右者不是很多，而尤以從編纂古代小說提要等爲基礎進行中國敘事學、主題學研究的成就廣爲學界所注目。二、三十年來，發表相關論文數十篇，出版研究專著若干部，研究路數、學術觀點，多能自成一家，進而聚沙成塔，積漸成頓，憬然有悟，提出「中國敘事文化學」之說，可謂「眾裏尋他千百度，驀然回首，那人正在、燈火闌珊處」，

其成說之難，創造之苦，可以想見。而因此我們也理應關注古代文學研究中這來之不易的學術理論成果。

關於「中國敘事文化學」，雖然創建者寧先生自有界說和全面的論述，同好則多有闡揚，但筆者尚未能很好地學習，所以僅就粗略的閱讀稍抒淺見。就從顧名思義說起，竊以爲寧先生的「中國敘事文化學」是研究中國文本敘事內容與形式的一門學問。這門學問的研究，不能說前所未有，但從來未能成說，因此作爲一門學問提出來，寧先生此論實有開創之功。除其本身的意義之外，也還少有地打破了中國文論創造一向的沉寂，爲進一步的理論創新提供了範例，是值得重視的。

而具體到此說本身的創新之處，則在於一是打破了向來敘事學研究多就一部作品或一種文體內部敘事特徵進行探討的狹小格局，而「超越單一作品又跨越單一文體」，實際是就小說、戲曲、詩文等一切文本所敘同一「個案故事主題類型的發生過程及其動因」，以及「多個作品中同一情節和人物的異同軌跡」進行綜合比較的研究。這必然因視野的擴大，所見比前人更加寬展，而使進一步橫向全面的概括成爲可能；二是以「清晰地釐定不同文本故事情節的形態差異」，「爲整個該故事主題類型的動態文化分析提供依據和素材」，使對「故事主題類型的文化分析」成爲可能。這又必然因爲研究對象之間所呈現異同性的複雜多樣，使鑒別與分析能夠比前人更加深入，而導致研究提高到文化哲學的層面，並向縱深開拓。

如上「中國敘事文化學」具體內容兩點創新的共同必然性，則是在中國敘事研究可能的範圍內，實現了近二、三十年來陸續興起的諸如小說敘事學、戲曲敘事學、詩文敘事學、史傳敘事學等等的整合，建立起中國敘事學更加宏觀的視野、思路與方法，那麼其貢獻或至少是其嘗試之功，確實是值得稱道和擁護的，尤其是在這個多研究現象而甚少產生理論的時代！

寧先生的「中國敘事文化學」甫一提出，即陸續有學者撰文評論，嘖嘖稱道。稱道誠是已。但依時賢的評論，似寧先生此論的提出多得益於對西方主題學、比較文學等理論的借鑒，則本人的看法略有不同。須知寧先生治學於當今中國文學理論與方法言必稱歐美的時代，固然不能不受到歐美理論的影響，甚至寧先生本人也於此感受甚切。但是，縱觀寧先生幾十年來的研究，畢竟於中國敘事文本沉浸最久，鑽研最深，思索最多。實踐出真知，而前人的理論卻往往是灰色的，不可能起到決定性的影響。所以我們能夠看到寧先

生大量的編纂和論著，尤其是代表了中國敘事文化學應用成果的《先唐敘事文學故事主題類型索引》一書，雖大處不免西方理論影響的痕跡，但具體細緻而微的方面，卻處處可以看到中國傳統分類學說及個案形式的深刻影響。而且比較來說，後者的影響在內容根本的深處，前者卻主要在形式表達的淺層。

　　所以，說「中國敘事文化學」之論受有西方主題學等理論的影響，誠也是有識之見，但這影響主要在誘導和形式構造的方面。若論「中國敘事文化學」的本根，則還在中國文化的深厚傳統。正是寧先生積幾十年治中國敘事文本之功，又得益於西方理論的啟發，才能夠一旦獲有「中國敘事文化學」理論的感悟，乃植根傳統，銳意創新的一大成就。未知諸賢特別是寧先生本人以為然否？

（原載《天中學刊》2013 年第 1 期）

泰山，不僅是泰山
——評周郢《泰山與中華文化》

　　周郢先生是泰安人，年甫不惑，卻已研究泰山 20 餘年，出版有《周郢文史論文集》《泰山文史叢考》《泰山歷史紀年》《泰山通鑒》《泰山志校證》等10 餘部學術著作，《泰山與中華文化》（山東友誼出版社，2010 年 4 月）是他最新的一部力作。全書近 50 萬字，復旦大學著名教授陳尚君先生為之序，就其多年所知稱道周郢求學「特立獨行」，治學「卓然自立而有著作成一家之言，在目前一般重點大學或研究院所也不多見」。這一評價決非過譽。其實僅就泰山研究而言，周郢實是當今中國和世界第一人，而他的研究卻又不僅是泰山！《泰山與中華文化》是他近年研究泰山並擴展至中國文化最重要的收穫和代表之作。

　　周郢自幼癡迷於泰山文化，家學淵源使他很早就開始了泰山文獻的閱讀與研究，所以甫至中年，於泰山文獻已堪稱精熟；更由於他家住泰城，腿勤心細，不辭勞苦，無數次「田野調查」，幾乎跑遍了泰山大小山峰，溝谷澗壑，重要之處則造訪不止一次，因此對泰山地理、歷史、典章文物、風俗傳說等等，能如數家珍，有「泰山活字典」之稱，加以其有「成一家之言」的抱負與熱忱，故厚積薄發，在前此諸作的基礎上，更上一層，而有這部內涵更為厚重的《泰山與中華文化》。

　　這部書的內容共分為六個部分：一是泰山與中華國山，二是泰山與史學研究，三是泰山與文獻研究，四是泰山與民俗研究，五是泰山與文學研究，六是泰山與當代學術。由此類目可知，作者一方面如泰山般堅定地守護了他

的「泰山學」研究，是一位癡心圍繞泰山做學問的人；另一方面因泰山文化
的博大精深，他堅持了當今年輕學者已很少能夠做到的文史兼通的治學風
格，從而使這部書不僅兼具了泰山地方史、文化史、宗教史、文獻史、文學
史、風俗史等等方面的探討，是一部全方位關注泰山、研究泰山的內容富厚，
精彩煥發的專著，而且是一部站在泰山之巔瞭望中國文化的宏觀文化學著作。

這部書所體現作者對泰山文化的最新認識與定位，是關於泰山當定爲「國
山」的學術探討。《中華國山論——兼議泰山的「國山」地位》一文，遠溯「國
山」之稱始至《山海經》，近揭民國以來至今學者有關確定「國山」的論議，
從歷史與文化的角度，更從當今弘揚中國民族精神的現實需要，深入論證了
定泰山爲「國山」的必要性與合理性。其說當然有待更多國人的附合與歷史
的進一步確認，但對於當今重新認識泰山文化的價值與意義不無啓發，值得
相關學者與管理者認眞一讀。

這部書的主要內容與最大成就仍在於作者一向致力的泰山歷史文化的進
一步發掘、發現與發明。如《岱廟三大殿考》揭出岱廟大殿宋爲嘉寧殿，金、
元至明稱仁安殿，但明末改稱峻極殿等，此一沿革，清以來未見人道；又如
《漢「泰山宮」考》發現「今人所謂『漢明堂遺址』，實爲漢武帝行宮……『泰
山宮』」，《楊家將故事與泰山》首次揭出泰山周邊所分佈「南天門」「六郎墳」
等多達二十餘處「楊家將遺址」；《孔尚任自號「雲亭山人」考》除考「雲亭」
指泰山雲亭山，而非曲阜的石門山之外，還發現了世所未知的孔尚任的一篇
碑文；《李白祖徠山之隱與泰山之遊新探》考證玉眞公主曾至泰山學道，「泰
山日觀臺道士與長安玉眞觀（即玉眞公主府）具有淵源……幾可視爲公主在
泰山勢力之代表」，並由李白《遊泰山》詩等推論李白「泰山之遊」可能與謀
求玉眞公主舉薦有關；如此等等，令人耳目一新者可謂琳琅滿目。

有關發掘、發現與發明糾正了不少前人的錯誤認識或有重要補證。如《羊
祜故里在新泰》一文考證晉代政治家、軍事家羊祜故里爲山東新泰羊流鎭，
糾正了《晉書》本傳「泰山南城人」說之誤；《孟姜女故事與泰山》據《泰山
阿劉碑銘石浮圖銘》載有「梁妻大哭之城」，推論「杞梁妻痛哭之所……爲泰
山附近之齊長城……杞梁妻哭齊長城之說係起於民間……而並非如顧頡剛先
生所論，是後世學者的聯想附會」。而此一銘文鑴於唐開元八年，「時間上早
於抄存於天寶六年（747）《同賢記》小說及唐末貫休、周朴詩中的哭『秦長
城』說，無疑是孟姜女研究的重要文獻」；《陳寅恪〈柳如是別傳〉中蔡士英

事新證》，據新泰某山清代《新修三無殿碑》發現清初反對海禁的議論，進而對陳論蔡士英其人作出了有力補證。

這部書的內容與成就不限於泰山文化自身的探討，而有「登泰山而小天下」之概。這主要表現在除上述「國山」的討論之外，還由泰山說開去，考察了若干古代國史乃至中外文化交流的大問題。《〈重開山記〉碑中「高麗僧」考》發現泰山古寺明《重開山記》碑記，載有「高麗僧雲公滿空禪師等數僧，航海而來」之事，並據韓國典籍考證出這是發生在永樂十九年的朝鮮逃僧入明，其僧滿空即是來明九僧之一的「信雲」。《〈郭琰墓誌〉中「下番海船」與明初下西洋之役》據其新發現的《郭琰墓誌》考得明初鄭和下西洋之後，正統年間朝廷曾有過一次重航西洋的動議，並為此大修「下番海船」。雖其事未果，但曾為此造船之事實有。這一考論糾正了今人對明代造船史的一些誤會。由此可知，世多以作者是一位「泰山文化研究者」，實則其所探討與所取得的成就主要在泰山，卻又並不限於泰山。本書書名「泰山與中華文化」，也正好彰示了作者學術視閾廣闊的特點。

《泰山與中華文化》在搜集、鑒別、運用文獻資料方面顯示了紮實認真和靈活自如的學術作風。書中凡所論證，決不輕易下結論，必以猛獅搏兔之力，最大限度地以資料「圍殲」問題，使結論若油然自論證流出。如《羊祜故里在新泰》用《太康地紀》、夏侯湛《羊秉敘》《晉諸公贊》、舊《晉書》《經典釋文》等五書有關資料證《晉書》本傳稱其為「泰山南城人」之誤；又用《後漢書》《世說新語》注引《晉諸公贊》、晉李興《晉故使持節侍中太傅鉅平成侯羊公碑》諸文獻，並佐以新泰古蹟、文物等共九條證羊祜故里是新泰羊流鎮，有無可辯駁之勢；又如《孔尚任自號「雲亭山人」考》以《史記》、唐王維《華嶽》、清王培荀《鄉園憶舊錄》等舊籍，又證以泰安民間口碑資料，揭出「雲亭山人」之「雲亭」應指泰山南麓之雲亭山，是孔尚任少時曾從叔父貞瑄泰安學正任上，故以此為號，可謂證據確鑿。

周郢先生正當盛年，他的泰山與中華文化研究自然還要發展，需要進一步的提高。讓我們期待他的學術追覓，飛得更高，去得更遠！

（原載《泰山學院學報》2013年第2期）

李永祜教授水滸研究述略

　　學者以學術爲事業和生命，欲取得突出成就，除選定適合於自己的方向與目標和終生不懈的努力之外，事半功倍的關鍵，則在於有一個好的研究心態、思路與方法。這既要在個人探索的實踐中感悟、總結和提高，也要十分注意向學界特別是專業學術「圈子」的賢者與前輩學習，更要重視學習古今有大成就者尤其是學術大家、大師的經驗。《荀子・勸學篇》曰：「吾嘗終日而思矣，不如須臾之所學也。」說的就是這個道理。這個道理當然也適合於「水滸學」──以《水滸傳》爲中心的水滸文化研究。爲此，筆者試就近讀一位老學者李永祜教授的《水滸考論集》一書〔註1〕，結合我所瞭解李教授「水滸學」研究的經歷作些介紹性的探討，看看這位老先生所走過的「水滸學」之路，能夠給研究《水滸傳》以至水滸文化什麼樣的啓發，有哪些值得學習借鑒的成功經驗，以爲後學者的「他山之石」，推動「水滸學」研究的發展。當然，這裡先要說明的是，李永祜教授的學術成就雖然主要在「水滸學」，但是他的其它文史著作亦複不少，唯是筆者更關注他「水滸學」方面的成就，這裡就只好挂一漏萬了。

一、順應的選擇

　　李永祜教授能一生致力於《水滸傳》的研究，乃順生而爲，有其生地和幼年生活影響的淵源。他生於 1935 年 1 月。昌邑人。昌邑今屬山東省維坊市，古屬齊地，乃流行孟子所謂「齊東野人之語」（《孟子・萬章上》）的區域，是

〔註 1〕《水滸考論集》，北京燕山出版社，2015 年 4 月出版。

與古代「短篇小說之王」《聊齋志異》的作者蒲松齡的故鄉淄川和近年因小說
創作而獲諾貝爾文學獎的莫言的老家高密相距不遠的地方。筆者曾因這一帶
自古及今多出小說家的緣故與魯都曲阜相比，以爲曲阜是孔夫子和儒學的老
家，而「齊東」則是「街談巷語，道聽途說」（《漢書・藝文志》）之小說起源
的故里。讀者倘若注意到向秦始皇上書「言海中有三神山，名曰蓬萊、方丈、
瀛州，仙人居之」的是「齊人徐市」（《史記・秦始皇本紀》）；而孟子適齊，
不僅沒有能夠推行他的「仁政」和「王道」，反而「齊人有一妻一妾」故事寫
進了《孟子》一書（《孟子・離婁下》）；又中國古小說第一個「箭垛式人物」
東方朔也是齊人等等歷史的事實，就該能相信李永祜教授生在有這樣一個地
域文化傳統的地方，後來走上《水滸傳》研究的道路，確有其順應人生自然
的一面。他說：。

> 我自 1960 年入中國人民大學語言文學系（後改稱中國語言文學
> 系，今稱文學院）工作，幾十年來在教學過程中，陸續寫了一些文
> 章，其中以有關《水滸傳》的居多。這種狀況，可以說既與個人自
> 身成長的歷程有關，也與一些偶然性的因素有關。我生於膠東半島
> 西部一古老的農村，幼年夏夜乘涼、寒冬圍爐之時，無所聊賴，即
> 糾纏父叔輩講說《三國》、《水滸》、《西遊》、《聊齋》等故事消磨時
> 光。從那時起，那些傳奇英雄人物和花妖狐魅故事情節，就在我幼
> 稚的心靈裡植根和晃動。〔註2〕

雖然如上引李教授自序其書的話在不少小說家和小說學者的自述中似曾相
識，並且這一經驗在同行學者中也已經是只可以鑒賞而不可以複製了，但我
還是由李教授所追憶這番並不十分獨特的幼年經歷，而獨有一種重溫某些常
識的感慨：一是地域與傳統對人的影響之大，眞所謂「一方水土養一方人」；
二是無論貧富高低，家風的潛移默化對子女之影響都非常大，即《漢書・賈
誼傳》所謂「少成若天性，習慣如自然」；三是正如唐人方幹《贈詩僧懷靜》
詩雲：「入山成白首，學道是初心。」臺灣作家凌茜近有作品題曰：「不忘初
心，方得始終」。李永祜教授順生而爲，筆舌耕耘，修成一位卓有成就的水滸
研究大家，也可以自得其樂，而可以笑對夕陽，視富貴若浮雲了。

　　李永祜教授從教後的水滸研究則是順時、順勢而爲。雖然人生「不如意
事十八九」，許多時候你想進這扇門，卻進了另一扇門，但是李永祜教授卻憑

〔註 2〕《水滸考論集・自序》。

著他優異的天資和努力，同時也很幸運，不僅在五十年代初順利考入了北京大學中文系，而且上學期間就參加了本年級集體編寫《中國文學史》，被分在明清文學時段；又參編《中國小說史》在明清小說一段，執筆寫《三國演義》篇章並參加《水滸傳》篇章的討論。這些在大學讀書期間的科研經歷，直接為他後來研究古代小說特別是《水滸傳》奠定了基礎。接下來就是畢業後到中國人民大學語文系工作之初的選擇。在教學分工時，他就選擇並被允許擔任元明清三代文學。這樣，對古代小說的研究就成為他工作上的一份責任，而《水滸傳》研究則是這份工作的題中應有之義。因此，當上世紀60年代初負責人大語文系古典文學教研室工作後來成為著名紅學家的馮其庸先生鼓勵指導青年教師在搞好教學的同時，積極參加一些學術會議和寫文章參加有關討論、爭論的時候，他有機會被委託根據幾位同事共議的題目寫成《金聖歎等人「哭廟案」真相考論》一文，發表於1964年11月8日《光明日報》的「文學遺產」欄目，開始了他至今長達五十年水滸研究的征程。其間除「文革」時期的空白之外，李永祜教授是新時期改革開放後第一批專注於水滸研究的重要學者之一。從參加1981年冬在湖北舉行全國性的《水滸》學術研討會開始，他在學術研究上就幾乎心無旁騖地致力於《水滸傳》的探討。他近來在《水滸考論集》一書的《自序》中回憶說：

> 1981年冬，在湖北將要舉行全國性的《水滸》學術研討會，差不多同時在另一地方也要舉行《三國演義》學術研討會。當時系裡的科研經費不多，規定每人每年只能外出參會一次，無奈只好選擇《水滸》會，心想以後再參加別的會也不為遲。不承想《水滸》會連年舉辦，而系裡的規定依然不變，若再捨此選彼，又形同淺嘗輒止，心有不甘，就這樣差不多一頭紮進了對《水滸》的探索和研究之中，一發而不可收拾。現在回想起來，也很難說清是得是失。

儘管我們並不便說「上帝」就只是給當年的李永祜先生開了「水滸研究」這一扇門，但是，上世紀八、九十年代中國大陸大學「規定每人每年只能外出參會一次」，確實是較為普遍的情況，（有些高校至今如此，甚至還達不到每年一次。）而學者因為參加學術會議開始專注於某一研究課題的情況也並不少見。所以，當時處境下的學術研究，李永祜教授縱然並非完全不能有別的取向，但是因為參加水滸研究的學術會議而「差不多一頭紮進了對《水滸》的探索和研究之中，一發而不可收拾」，則無疑是順時、順勢自然而然的一個

正確選擇。這可以爲今天高校青年教師教學與科研、集體意志與個人志趣關係處理的一個借鑒。

二、寂寞中堅守

　　李白詩的名句「古來聖賢皆寂寞」的意義相當豐富，其一大概也可曲折溝通于做學問其實是枯燥的事。不僅罕有鮮花與掌聲，還會有「爲伊銷得人憔悴」的痛苦和「眾裡尋她千百度」的煩惱。這在《水滸傳》的學問也是如此。它雖然是一部膾炙人口的小說，但是作爲學問對象的研讀就不單純是樂趣，而別有酸辛等各種不同的滋味。李永祜教授研究《水滸傳》五十年，正自有非同讀者和一般年輕學者的體會。他在《自序》中說：

　　　　《水滸傳》是一部傑出的古代小說。作爲一個消閒欣賞者去閱讀，它生動、精彩的故事情節可以使你津津有味，快意於心。但將它作爲研究的對象，由於其作者、時代、版本、思想傾向等各方面的複雜性和相關史料的稀少和缺失，會使人覺得荊棘遍地，舉步維艱。雖然，從上世紀二十年代以來胡適、魯迅、鄭振鐸等學術前輩的《水滸》研究已爲我們後人開闢了一條道路，奠定了初步基礎，但我們不能徘徊在前人學術成就的平臺上述而不作，而那崎嶇不平的道路正需要由我們自己去修整和拓寬。如果從 1964 年撰寫與《水滸傳》有關的金聖歎的文章算起，我個人涉足《水滸》研究的領域迄今整整過了五十個年頭。

這些話對有志做學問包括研究古典小說以至《水滸傳》一書的年輕人是一個提醒，即任何事物一旦被作爲研究對象看待的時候，其所給人的美感就退居其次甚至忽略不計了，剩下來的就只是或主要是理性分析的艱辛備嘗。

　　就《水滸傳》研究本身而言，李教授更有深切的體會。據我直接間接的瞭解，李教授《水滸傳》研究的文章很少有急就篇，特別是較長的文章，多數都是醞釀了三五年甚至五六年才寫成的。如《宋江及其起義軍幾個關鍵問題的新探討》一文醞釀了三四年。甚至《水滸傳兩種僞李評本考辨》一文是從 1992 年他在北圖看容評殘本發現「諸名家先生批評水滸傳」這一內證時就開始注意到這一問題，於 1994 年寫的《諸名家先生批評忠義水滸傳》點校本前言中披露了這一觀點，斷定了所謂「李卓吾先生批評」實是作僞；而進一步深入的研究，卻是從 2009 年暑假起開始跑圖書館搜集材料，直到 2014 年

應一次會議的需求才動筆成文，前後歷二十年之久。對於任何一篇文章的寫作，他是材料搜集不全、不確切，醞釀不成熟，不動筆；寫成之後，反復修改，以至有的達六七次之多，不勝其「輪回」之苦。尤其是他近年專注的《水滸傳》版本研究，更是付出了加倍的努力。他說：

> 由於古代小說的研究尤其是版本的研究，狀況複雜，而且大多
> 需要下考證的功夫，的確十分艱辛費力，所以許多青年學者往往望
> 而卻步。我自己年輕時也有類似的觀感。其實，在任何科學研究的
> 領域，重要的研究成果都是付出莫大的精力和辛勤勞動的汗水才能
> 換來，這個道理都是共同的。在《水滸傳》版本研究領域，道路坎
> 坷不平，問題複雜繁多，這是實在的情形。但只要不畏艱苦，勇於
> 攀登，就能有所收穫。已故範文瀾先生有一句名言：「板凳要坐十年
> 冷，文章不寫一句空。」這前一句話的意思就是做學問要有有恒心、
> 有毅力，有定力，要耐得住寂寞。〔註3〕

以李教授年屆八十，早已過了白居易《無夢》詩所說「漸銷名利想，無夢到長安」的年紀，所以我願意相信這不是他故為高調的宣示，而是一位老者一生治學感悟而發的肺腑之言，精神上處處通於馬克思關於科學研究的那一段名言：

> 在科學上沒有平坦的大道，只有在那崎嶇的小路上不畏艱險奮
> 勇攀登的人，才有希望達到光輝的頂點。」

李永祜教授在寂寞中堅守的，正是這種學術上不懈追求的努力，勇於攀登的精神。

三、求實中創新

李永祜教授《水滸傳》研究五十年的堅守，「是從頭學習，嘗試研究，學習和研究不斷反復、不斷轉化，對作品的認識也由粗淺到逐步深化的過程」〔註4〕。而「天道酬勤」，這一過程鑄造了李永祜教授的學術思想與為文的品格，那就是求實與創新。

首先，求實即「實事求是」，是學術研究的最高要求，又是不可逾越的底線，是學術事業的生命線。但是，學者並不生長在眞空裡，學問總不免受到

〔註3〕《水滸考論集‧自序》。
〔註4〕《水滸考論集‧自序》。

人生社會各種利害的影響與干擾。尤其在人欲橫流、法紀敗壞的時期，堅持做到「實事求是」，更是談何容易。對此，李永祜教授在長期的《水滸傳》研究中做到的，首先是不盲目「跟風」。記得八十年代中期，學術界有某些頭面人物提出包括「控制論」、「系統論」、「信息論」的所謂「新三論」一時風行，就有一些研究《水滸傳》的學者並不真正懂得這些理論，卻如獲至寶，跟風套用。李教授對之雖未至於嗤之以鼻，但一笑置之，無動於衷。而當年那陣風刮過一時，即無影無蹤。如今看來，如李永祜教授者，正有著經得起各種「風向」考驗的學術上的定力。

其次是重事實、重資料，憑文獻資料說話。學術研究中不同意見的爭論不可避免，也是必要和有益因而值得提倡的。但是，不僅「事實勝於雄辯」，而且真正的雄辯心是基於有充分證明力的事實，也就是資料。李永祜教授深味此道，他的《水滸傳》研究堅持貫徹的就是前代學術大師一切憑材料說話，有幾分材料，做幾分判斷的優良傳統，主張材料走到哪裡，結論走到哪裡，並付之學者學術思考與寫作的實踐。他曾自述《水滸傳》研究中耳聞目睹的有關閱歷，即關於宋江史實的兩個百年聚訟紛紜的疑案：一是宋江究竟是否投降了朝廷？這個疑問到了「八十年代初，美籍華人馬泰來從北宋末年吏部侍郎李若水的詩文集中找到了《捕盜偶成》一詩，其中的兩句『大書黃紙飛敕來，三十六人同拜爵』，明白無誤的記述，宋江確實是投降了朝廷的」；二是「宋江投降後有無從征方臘，也多年爭論不休」。至九十年代初李靈年、陳新兩先生從發現了北宋末年名相李綱所寫的《趙忠簡公言引錄》中「再議睦寇（指方臘——引者），則以寇賊攻寇賊，表宋江為先鋒，師未旬月，賊以獻俘」的記載，「與宋代其他史籍的記載相互印證，宋江征臘一事，終於得到確認。」〔註 5〕並感慨說：「這兩大爭論均由確鑿無疑的史料寥寥數語而定讞，它的說服力是任何單純的政治學、社會學、心理學的分析和邏輯推論，無法比擬的。幾位先生發現上述史料的過程我並不瞭解，但我想這是他們長期關注、艱苦探求此一問題而得，絕非漫不經心隨地俯拾而來」〔註 6〕。筆者以為，這番議論既是對有關宋江等人歷史兩個百年疑案得以解決的慶倖，對發現者探索的艱苦感同身受的肯定，也是對自己重事實、重資料之治學理念的再次自我肯定。

〔註 5〕《水滸考論集·自序》。
〔註 6〕《水滸考論集·自序》。

　　正是因爲李永祐教授五十年執著於「水滸學」的「求實」，乃於《水滸傳》研究能有其諸多的發現和創新。筆者以爲其最重要的發現有三：

　　一是前人未見或未曾多加措意的多種新資料。如從吳自牧《夢梁錄》卷十七《瓦舍》條有關「杭城紹興間駐蹕於此，殿巖楊和王因軍士多西北人，是以城內外創立瓦舍，召集伎樂，以爲軍卒暇日娛樂之地」，以及潛說友著《咸淳臨安志》中類似的記載，寫成《爲水滸故事營造了家園沃土的一位南宋將軍》一文。該文不僅爲早期水滸題材說話藝術的興盛之基礎的臨安（杭州）勾欄瓦舍的興建找到了一位關鍵人物，而且證明了南宋臨安說話藝術的興盛，並不如通行教科書所籠統論述的主要由於城市的擴大、市民的需求等，而是與當時政治與軍事的實際需求有直接密切的關係。換言之，臨安勾欄瓦舍的興起與繁榮首先是當時政治與軍事的需要，是政府行爲，而不是或一定程度上不是由於所謂經濟的繁榮、城市的擴大和市民百姓的自發等等。這是對舊來有關話本小說以及整個中國小說史、文學史認識的重要增益與補正。還有同樣令人驚喜的是，李教授從《宗忠簡集》中餘翱所寫宗澤的《行狀》中，發現了所記的「招安強寇號第十三將首令（領）者」其人，經過多方面的考證分析，斷定他就是《水滸傳》中的「豹子頭林沖」這一藝術人物的歷史原型。這一新發現雖然有待進一步資料的證明，但在加強人們認識這一藝術人物所在的《水滸傳》的內容與歷史緊密聯繫的方向上是一個有益的嘗試。有可能爲人們探索、研究這一人物的性格、外貌從原型到小說，到明清戲曲，再到近、當代影視作品四五百年來的變化蘊涵著的美學問題，提供了歷史事實和新的視角。

　　二是從舊有資料中發現新的意義，提出與前人不同的新觀點或新認識。如從學者多曾引用的李若水《捕盜偶成》詩「大書黃紙飛敕來，三十六人同拜爵」一聯及相關資料的細緻研讀分析，推斷《大宋宣和遺事》記載宋江三十六人名單「是眞實可靠的」〔註7〕。這一發現不僅對《水滸傳》人物的研究有重要意義，而且會影響到對《水滸傳》所根據歷史事實與其虛構成分多少的判斷。其學術意義之重要，自不待言；

　　三是在新舊資料的綜觀細研上得出新的認識。如在前輩學者余嘉錫先生根據若干資料斷定楊志是歷史人物的基礎上，進一步在北宋李綱的《梁谿集》中發現了時任抗金統帥的李綱表彰楊志抗金立功的幾件上奏《劄子》，及宋欽

〔註7〕《水滸考論集》，第39頁。

宗聞報讚賞擢升楊志官職的「御筆」聖旨。李教授經過深入辨析論證，糾正了余先生以楊志因對金作戰臨陣逃脫被殺的誤判，爲楊志辨誣，「還他以清白之身」〔註8〕。

但是，從近幾十年國內外水滸研究發展的總體上看，李永祜教授水滸研究論文最重要的貢獻，還是關於作爲《水滸傳》成書重要參考的《大宋宣和遺事》一書性質的斟酌判定。他根據該書內容的特點及與史籍記載的對照，提出其雖爲野史，但「出自南遷杭州的第一代藝人之手」，具有「彌足珍貴的史料價值」。正是根據于《大宋宣和遺事》的記載，他考證「宋江起義的形式、時間、地點、進軍路線、個別人物（如林沖）結局……以及關於李師師的身份、與宋徽宗的關係」等等問題〔註9〕，取得令人信服的結論。至於有關兩種「僞李評本」和施耐庵、羅貫中二人各自對《水滸傳》成書的貢獻的考證分析等，也都自成一說，堪稱獨樹一幟。

四、「退」中精進

網絡上曾流傳據說哈佛大學某前校長曾譏笑中國的大學教授治學，多只是爲了飯碗。一個重要的根據就是教授們退休後，就很少再繼續寫文章著書進行學術研究了（大意）。這是不是事實？讀者自會有公論。但是，李永祜教授肯定不是那樣。他退休近二十年來，僅是在《水滸傳》研究方面，除了那部由中華書局出版深受讀者專家歡迎的《諸名家先生批評忠義水滸傳》的點校本之外，還寫了幾十萬字的《水滸傳》研究文章，近來與其早年之作一起輯爲《水滸考論集》出版，有「老驥伏櫪，志在千里」之風範。而且李教授愈老而愈加精勤，似乎在與時間賽跑。這種心態體現於《水滸考論集》的《自序》中，除了上引有助於瞭解其治學歷程的一些文字外，又有深情地回憶說：

> 在幾十年的教學、科研的生涯中，特別是退休後這十餘年以來，由於時間上自由而充裕，我在《水滸傳》的研究上從未吝惜自己的精力。某一專題一經確定，總是全力以赴，尤其是進入圖書館後，如饑似渴地翻閱稀見的古籍，摘錄所需的資料，雖到用餐時間亦不舍離開，確實是到了廢寢忘食的地步。而一旦發現急需的或久尋不

〔註8〕 《水滸考論集》，第36頁。
〔註9〕 《水滸考論集》，第66頁。

獲的重要史料，那種滿足、快慰的心情絕非言語所能形容。〔註10〕
他還總結自己的研究《水滸傳》的治學經驗說：

> 在九十年代初，我在從事《水滸傳》點校時就意識到，在從古
> 籍中發掘新史料十分困難的今天，必須將對已有的史料的咀嚼消化
> 和從作品本身尋找內證結合起來進行綜合性的探索、研究，才是一
> 條比較切實的有希望的路子……研究《水滸傳》不應只局限於作品
> 的本身，還要與廣博的「水滸文化」、與其他古代小說特別是《三國
> 志演義》和「三國文化」等結合起來進行深入研究，才能取得局部
> 的乃至全域性的突破。〔註11〕

這是基於對當今《水滸傳》研究以至全部中國古代小說研究情勢的正確判斷
所提出的良策，值得後學者認真思考和在實踐中應用與檢驗。

綜上所述略，作為一個幾乎是純粹的學者，順應選擇的心態，寂寞中堅
守的意志，求實中創新的精神，「退」而不「休」的不懈追求，是李永祜教授
和他那一代水滸研究學人中佼佼者最具代表性的成功經驗。當然，還非常重
要的是，正如英國哲學家羅素所說：「強烈的愛好使我們免於衰老。」李永祜
教授對《水滸傳》研究的執著，也使他成為那一代水滸學人中至今還能「戰
鬥」的少數學者之一，一位年壽與學問俱高，值得友人和弟子學習並引以為
榮的「水滸學」大家！

謹以此祝李永祜教授人壽筆健，再賦新篇，並與讀者共勉。

（原載《菏澤學院學報》2015年第6期）

〔註10〕《水滸考論集·自序》。
〔註11〕《水滸考論集·自序》。

《水滸學史》：給《水滸傳》研究一個「學」名身份——評齊裕焜、馮汝常等《水滸學史》

　　今天，我們究竟怎樣研究和閱讀《水滸傳》？

　　《水滸傳》的研究者們，各有各的路數。有從版本進行研究的，以發掘其故事源流與版本衍變的規律；有從書中故事著手的，分析人物形象與主題所在，以探究《水滸傳》的社會意義；有從《水滸傳》藝術特徵著眼的，以分析其結構特徵與語言藝術，發現其文學價值與影響。當然，也有從水滸故事的傳播、水滸文化的影響等方面切入的，用以探究《水滸傳》這部明代小說在今天的存在價值。

　　那麼，假如把以上各種研究路數進行系統性整合，把舊有的類別研究轉換爲整體綜合考察，抑或從傳統平面性的局部審視轉換爲立體性的整體透視，換句話說，當我們不只研究《水滸傳》的單個方面而是從整體上做出系統綜合，不單研究《水滸傳》及其文化而且也把有關《水滸傳》的研究歷程等都納入研究對象時，那會是一種怎樣的研究？由齊裕焜、馮汝常等編著的《水滸學史》就把《水滸傳》及其研究做了一次學術史性的整體透視。

　　既然是做「透視」，目的當然是爲了要窺見內部結構。爲此，該著在整體上爲《水滸傳》及其研究構建了系統性的理論框架。

　　在第一編「成書篇」的四章內容中，著者從「歷史解碼——水滸本事的歷史影像」「底層敘事——宋江故事的民間演繹」「本文生成——豐厚的積累與傑出的創造」「文本再造——通俗化和精緻化的異路」各方面進行了深入研究。

在第二編「詮釋篇」四章中，著者以「《水滸傳》之人物論——傳奇的江湖英雄」爲題，不僅闡釋了水滸英雄形象生成過程的「起點」與「終點」，而且對「梁山泊好漢」的性格與既有研究進行了分析，認爲在「忠義」與「俠義」的取捨之間，好漢們各依其獨特性情而有不同的傳奇展示；在「《水滸傳》藝術風格論——英雄傳奇小說的典範」中，著者揭示了《水滸傳》敘事的「說話」藝術特徵；在「闡釋——古代至近代以來的《水滸傳》多元接受及教訓反思」中，不僅探討了歷史上對《水滸傳》的各種爭議，而且參用「敘事悖論」理論，對招安問題等多元接受現象進行了闡釋，反思了理論環境對學術研究的影響；「《水滸傳》評改與小說學理論成長——評點中的大智慧」一章，專門對李贄、金聖歎等的評點理論貢獻進行了總結評價。從而使本編在有關《水滸傳》「詮釋」的幾乎所有重大問題的研究上，都有所推進或提出了全新的見解。

在第三編「傳播篇」四章中，著者以「《水滸傳》文化的傳播與反思——江湖文化、綠林文化、宗教文化與影響」「《水滸傳》的非物質文化遺產——《水滸傳》與衍生的文化」「物質化文化產業——《水滸傳》在物質文化方面的貢獻」「民族的就是世界的——《水滸傳》的海外傳播與影響」爲題展開探討。

《水滸學史》在「水滸學」的建構上，實現了在研究範疇、研究方法、研究價值與文化綿延等方面的整體觀照。如在方法論方面，它關注到宏觀與微觀並舉，吸納了社會歷史批評、西方文藝理論、古代小說評點等多種方法。在價值論層面，著者重新把握了水滸學研究的意義。因此，探尋總結水滸文化八百多年歷程的各種「奧秘」，成爲水滸學研究的價值所在。難能可貴的是，著者靈活參用學術上新近發生的「綿延論」，對水滸研究的民族性與可持續性等作出思考。

作爲一部學術著作，最重要的還是看它的創新之處。筆者認爲，《水滸學史》在對前人與時賢相關論著的學習借鑒中有一定的創新。

首先，《水滸學史》集研究史、傳播史、文化史等於一體，不僅敢於標舉「水滸學」名號，而且其構建的理論體系較爲切實可靠。「水滸學」一詞最早出現於1980張國光先生的文章中，但論者當時並沒有就這一概念的內涵、外延及相關原則方法等作具體闡釋，從而沒有構建完整的理論體系。如今時間過去了30多年，仍然沒有一部以「水滸學」爲題的專著問世。因此，這部《水滸學史》的出現應該說是敢於創新的產物。

其次，直面研究的有關論爭與重新審視原有論斷，做出了新的評價。如對《水滸傳》版本的論爭，《水滸學史》在簡本與繁本的細緻梳理對比中，不僅肯定了繁先簡後的順序，還提出區分兩種繁本系統的三條標準。對《水滸傳》中的暴力血腥場面描寫的評價問題，著者批評了時下一些過分解讀，認為應該放置到當時的歷史語境中，看作是民間說唱藝術的喜劇化、戲謔化、公式化的特點，即如此描寫其意不在宣揚暴力，而是出於塑造人物形象的個性與美感的需要。在水滸研究多個未有定論的重大問題上，著者都盡力斟酌考量，力求表達出新的思路與見解。

第三，從文化傳承與發展綿延的角度對水滸文化研究進行了全面考察。《水滸學史》綜合考察了與水滸有關的物質文化和非物質文化，介紹了具有民族特色的水滸文化的各種形態，為水滸文化尋根之旅別闢新徑。

正如著者所言，「在中國古代小說中，《水滸傳》和《紅樓夢》是兩部與政治、文化思潮聯繫最緊密，藝術成就最高，影響最大的作品，而《水滸傳》比《紅樓夢》的命運更曲折、更複雜、更富戲劇性。因此，我們想《紅樓夢》有好幾部研究史，《水滸傳》也應該有一部研究史，於是就開始撰寫這部《水滸學史》。」著者當年想到說過的，現在由他們自己的努力做到了。

《水滸學史》的成書出版，標誌中國學術有了經過充分論證和認真實踐的一個「水滸學」研究體系。從此，以《水滸傳》為探討之中心的水滸文化研究實至名歸。正式確立「水滸學」這一早就應有的學術史身份，必將在學術上更好地「替天行道」。而「水滸學」之將與「紅學」雙峰並峙，「紅」「水」長流，沾溉學林，亦可待也。

（原載《中華讀書報》2016 年 7 月 18 日）